角川春樹事務所

目次

あんのまごころ

お勝手のあん

一　本音

勘平(かんべい)が去った翌日は、やすにとって辛(つら)い一日だった。考えまいと思っても、気を抜くと言いようのない寂しさに囚(とら)われてしまう。そんな自分を鼓舞するように、やすは、つわりで苦しんでいるちよに食べてもらう瓜(うり)の菓子を作ることにした。材料は銀まくわと本葛(ほんくず)、それにここは白砂糖を使いたい。黒い砂糖はこくがあるが、同時に僅(わず)かなえぐみもあるので後口がさっぱりしないし香りも強い。つわりの苦しさがどういうものかやすにはわからなかったが、胃がむかむかしてえずいてしまうような時は、匂(にお)いの薄い、後口があっさりとしたものの方が食べやすいはず。

だが銀まくわも白砂糖も本葛も値が張るものだった。失敗はできないので、黒砂糖、大根のきれはしなどで試しに作ってみた。大根でもそう悪くないものができたので、やすは自信を深めた。

それからやすは政(まさ)さんに本葛と白砂糖を分けてもらい、おまきさんに小さい銀まくわをもらった。売って欲しいと何度も言ったのに、二人とも、やすが新しい献立を試すならそれは紅屋(くれないや)のためになるのだから、と言い張った。

「その小さいのは野菜売りがおまけにくれたもんだから、いいんだよ。でも小さいけど本田瓜の程よく熟れたやつだからね、きっと美味しいよ。ところでそれで何を作るんだい」

「へえ、冷たくて甘いものを」

「あらいいねえ、できたら味見させておくれ」

葛粉の塊を崩しながらよくふるって小さなゴミなどを丁寧に取り除く。さらによく潰して滑らかにして、水で溶く。葛きり用の四角い箱に薄く流しこみ、布巾をかけ、鍋に湯を沸かしてその上に置いて蒸す。白く固まったら粗熱をとって、細い短冊に切り、冷たい井戸水に晒してよく冷やす。

白砂糖は、ほんのりと甘いくらいの水加減で煮溶かして白蜜を作る。甘くしすぎると瓜の甘みが消されてしまうので、物足りないくらいに止める。

銀まくわの甘いところだけ切り出して、薄く短冊に切って白蜜に漬ける。葛きりも漬けて、陶器の器に入れて井戸水でさらに冷やす。

「味見をお願いします」

おまきさんと政さんの前に、器に入れた冷たい葛きりを出した。

「あれ、葛きりかい？　へえ、葛きりってのは甘いもんにもできるんだね」

「紅屋ではもっぱら酢の物だが、上方では黒蜜をかけて甘くして食べるんだそうだ。おやす、上方の食べ方を知ってたのかい」

「いいえ、初めは寒天で作ろうかと思ったんですが」

「そうだな、こういう食べ方なら寒天を使う方がさっぱりしてよくないかい」

「そうも思ったんですが……夏場はどうしても、あっさりとしたものばかり口に運んで、滋養が足りません。葛は滋養があって、寒天よりも力が出るかと」

「力が？　おやす、こいつは誰に食べさせようと考えたんだい」

「へえ。……おちよちゃんが夏に負けて、このところ食が細ってるんです」

「ああ、そう言えばそうだね。あの子がご飯を茶碗に半分も食べてないんで、おさきさんも心配してたっけ。以前はよく食べる子だったのに。おちよは夏負けしちまったのかい」

おまきさんの言葉にやすはうなずいた。

「へえ。冷たくて甘いものならきっと喉を通ると思うんですけど、ちょっとでも滋養がある方がいいかと」

「なるほどな」

政さんは、真面目な顔で葛きりを食べていた。

「料理として考えたら、寒天の方が相性がいいと思うが、葛きりにしたことで滋養がある食べ物になったのは手柄だな。長歩きしてくたびれて宿に着いた客にこれを出せば、疲れをとるにもいいだろう。銀まくわのしゃきっとした歯ごたえと、葛きりのむっちりとした舌触りが合わされるのも面白い。まくわ瓜を白蜜に漬けることで、瓜の甘さが消されずに増したように感じさせるってのも、目を開かれるみてえだ。おやす、これはいい出来だよ」

やすは嬉しかった。政さんに認めてもらえたのだ。

「おちよはそんなに夏負けがひどいのかい」

「とにかく食が細くなってて、そのせいで力も出ないようです」

「そうか。おやす、これをおちよに持ってってやる時に、おちよが食べたいものがあれば聞いておいてくれ。なんでも好きなもんを作ってやるからってな」

「あらいいなあ。政さん、あたしにも作っておくれ」

「おまきは夏負けなんかしてねえじゃねえか。いつもに増してつやっつやだぜ、あんたの顔は」

「夏負けしてなくたって、政さんが好きなもの作ってくれるってなら食べたいじゃないか。おちよばっかり甘やかさないで、たまにはあたしやおさきさんにもいい思いさせておくれ」

「別におちよを甘やかすつもりはねえよ。ただおちよに元気がないと、おやすまでしょぼんとなっちまうからな」

「まあね、勘平がいなくなっちまって、おやすも寂しいもんね」

「勘ちゃんは、いい旅立ちになったと思います。きっとたくさん勉強して、偉い学者さんになります」

「どうかねえ、料理の修業も続かなかったような根性なしだよ、学問の道に進んで、どこまでやれるもんなんだか。それにあの子はお武家の生まれじゃないからね。学問で身を立てるのは、やっぱりお武家の生まれじゃないと厳しいんじゃないかい」

「芝の健心塾には町人の息子も何人かいるって話だ。生まれや身分は自分じゃどうにもならねえが、やる気さえあれば道は開けるもんだと俺は思うよ。優秀ならば、どこそのお武家が養子にもらってくれるかもしれねえしな」

「あら、そしたら勘平も二本差しかい。あの子が刀なんか持ったって、鼠一匹殺せやしないよ」

「この頃じゃ、脇差なんざ使い道がねえからって質に入れちまってたけみつを差して歩くお侍もいるって話だ。もう刀で切ったはったのご時世じゃねえ。刀なんか抜いたところで、黒船からズドンと大筒を撃たれたらおしまいだ」

政さんは、はは、と笑った。

「なんにしても、勘の字はここにいた時みてえに甘ったれてはいられねえ、これから先相当に苦労するだろう。だがあいつは自分でそういう道に踏み出したんだ、あとは達者で精進して、いつか堂々と紅屋に客として泊まりに来てくれることをみんなで祈ってやろう」

夕餉の膳が客に出されたあと、やすは冷やした葛きりを椀に入れて、ちよの部屋に向かった。

ちよは布団の上に起き直って、珍しく縫い物をしていた。

「おちよちゃん、お腹すかない？」

「あ、おやすちゃん。ありがとう、でも今は何も食べたくない」

「冷たくて甘いものならどう？」

「少しでもいいから食べてみて。きっと美味しいよ」

ちよは箸で葛きりをつまんだ。

「なあにこれ、寒天？」

「葛きり。寒天よりもむちっとしてて、面白い舌触りだよ」

ちよは葛きりを口に入れた。

「あ、甘い。葛きりって酢の物でしか食べたことなかった」

「上方では黒蜜をかけたりして甘くして食べるんだって」

「ふうん……甘すぎなくて、冷たくて美味しいね。あれ？　これは何だろう」

ちよは、箸でつまんだ瓜を口に入れ、さくさくと嚙んだ。

「これ、瓜？　とっても甘い」

「銀まくわだけど、白蜜に漬けたら甘みが増して、美味しいでしょう」

「うん、美味しい！　甘いけど、白蜜の甘さじゃなくて、ちゃんと瓜の味がする。瓜の香りもする！」

「それなら食べられそう？」

「うん！　これなら全部食べられる。ありがとう、おやすちゃん。わざわざ作ってくれたんだね」

「葛も砂糖も滋養があるから、ご飯が食べられなくてもちょっと元気が出るよ、きっと。政さんがね、夏負けしてるんなら、何か食べたいものがあれば言ってくれれば作るって。この際だからわがまま言って、食べたいもの作ってもらいなよ。どんなものがいい？　卵焼きとか、お芋の煮ころがしとか。おちよちゃん、とこぶしを炊き込んだご飯、好きだったよね。あれを作ってもらおうか」

ちよは、微笑みながらも目を伏せた。

「……ほんとにありがとう。政さんも優しいね。お礼を言っといて。でもあたい……今は何か食べたいものがあるかって考えても、何も浮かばないの。何を食べてももどしてしまいそうで」

「でもおちよちゃん、何も食べないでいたらどんどん元気がなくなって、本当に病気になっちゃうよ。以前におさきさんから聞いたことあるんだけど、食べるともどしそうな時は、少しずつ何回も食べるといいんだって。一口ずつでいいから食べて、気持ち悪くならなければまた一口、そうやって少しずつ食べれば、つわりでももどさないで済むらしいよ」

「おやすちゃん！　……おしげさんから……あのこと、聞いたんだ」

「……うん。ごめん、でも大丈夫、絶対に誰にも言わないから。それにわたしが知ってるっておちよちゃんにわかっててもらう方がいいと思ったの。そうすればわたし、おちよちゃんのためにもっと何かできるから」

　ちよは黙って椀を空にし、盆に戻した。

「……そうだね、おやすちゃんに知っててもらう方が、いいよね。誰かに知っててもらわないと、一人じゃどうしていいかわからない」

「……おしげさんの話だと、番頭さんが中条流（ちゅうじょうりゅう）を探すとか」

「他にどうしようもないもんね……」

「でもおちよちゃん……ややこを流すのってとても大変なんでしょう？」

「早いうちなら大丈夫らしいよ。だからもうあんまり暇がない。ややこが大きくなったら、あたい、死んじゃうかもしれない」

「やめて！　おちよちゃん、死ぬなんて簡単に言わないで」

　やすは思わず、ちよの手を取った。

　ちよが泣き出した。

　とても悲しい、とても切ない泣き声だった。

　土用（どよう）が過ぎても、紅屋に押し込みが入ることはなかった。

いったいどのようなことがなされたのか、やすには見当もつかなかったが、何度か十手持ちやら同心さまやらが奥を訪ねて来て、一度などは与力さまがお見えになったこともあったので、盗賊一味についてお上が動いたのは間違いない。名の知られた大店ならともかく、紅屋程度の旅籠の為にお上が直々に動くというのは、おそらく例のないことだろう。つまり、小判を何枚も何枚も使ったのだろうと、世事には疎いやすにも何となくわかった。

それにしても、なぜ盗賊は旅籠などを狙ったのだろう。いくら繁盛していると評判でも、旅籠のあがりなどはたかが知れている。百足屋のように大きな宴会を催したり、お殿様の行列をお泊めしたりするのであればあがりも相当なものなのだろうが、普通は品物を持たない旅籠は小銭商いで、人殺しをしてまで押し込むほどの店ではないはずだ。

何だか腑に落ちない。やすは落ち着かない気分だった。

それでも、盗賊が押し入って来ることを心配しなくてよくなったのは、随分と助かった。夜になって寝床に入るたびに、今夜盗賊が来たらどうしよう、殺されてしまうかも知れない、と考え始めると怖くなり、なかなか寝付けない夜が続いていたのだ。

立秋とはよく言ったもので、月が代わって五日も経つと、うだるような暑さの中に時折、涼しい風を感じるようになる。まだ昼間は団扇が手放せないが、日が落ちると虫の音がうるさいほど響きわたり、ひんやりとした夜になる。

待ち望んでいた春が訪れる時もいいけれど、夏が過ぎていく今頃の季節も、本当にいいものだ、とやすは思う。

涼しくなると東海道を行き来する人の数も増え、品川はより活気を帯びて来る。旅籠の客も食欲が増すのか、飯粒一つお櫃に残さず平らげてくれるので、下げられた空の器を見るのが楽しい。

ただ、気がかりなことはあった。

ちよの腹が、気のせいかいくらか膨らんだように見える。まだ他の女中たちは何も気づいていないようだが、しゃがんだまま器や皿を洗う仕事をさせたくなかったので、やすは何だかんだと理由をつけては皿洗いの仕事を一人で引き受けていた。品川の遊郭の女たちが世話になっているという中条流を番頭さんが聞きつけて来てくれていたが、ちよはまだ決心がついていないのか、腹の子を流しに行く気配はない。だがこのままだらだらと時が経てば、嫌でも腹が目立つようになる。

気が重い。やすは思わず、大きなため息を吐いた。

「どうしたい、そんなでかいため息なんか吐いて」

声に振り返ると、政さんが立っていた。

「また皿洗いをおやす一人でやってるのか。勘平がいなくなってもおちよがいるんでいいかと思ってたんだが。おちよはどうした？」

「あ、奥の用事を言いつかって……」

政さんがしゃがみこみ、皿を手にした。

「あ、わたしが」

「二人でやったほうが早く終わる」

「でも」

「おやすは知らねえだろうが、俺は皿洗いが得意なんだぜ」

政さんは笑いながら、藁束(わらたば)に灰をこすりつけ、それで皿を器用に撫(な)でた。夕餉には鰆(さわら)の味噌漬(みそづけ)を焼いたので、皿には味噌だの鰆の脂だのがこびりついているが、灰のおかげですっきりと落ちる。やすは政さんから皿を受け取り、水を張った桶(おけ)ですすいだ。

政さんの手際の良さで、洗い物は瞬く間になくなった。

「料理屋に修業で入ると、薪割(まきわ)りと水汲(みずく)みに皿洗いで数年が終わる。俺は十一の時に奉公に出たから、十四くらいまでは下働きだ。板場に立たせてもらえるようになるまで三年。炭をおこして一年、鍋を任されるのに一年、そうやって積み重ねて、包丁が持てるようになったのは十七くらいになった頃だったかな。それでも早いほうだって言われたよ。そんな俺と比べてもおやすはすごい。おまえが男なら、とうに柳刃をひかせてる。だが悪いな、おやす。若旦那が、女が刺身をひくのだけはだめだって言い張ってな」

「……そんなこと。わたしは、煮物も焼き物も、もっともっと上手になりたいです。お刺身は政さんの仕事です」

「若旦那だって、女の料理が男の料理より劣るなんて思ってやしないんだ。自分の膳なら、おやすのひいた刺身も食べてみたいって言ってるくらいだ。けど旅籠とは言え、紅屋には料理を目当てに泊まってくださる客も多い。そんな人たちの中には、女が板場に立つこと自体嫌うような人もいる。ましてや生の魚を女に扱わせるなんて、と、怒り出す客もいるかも知れねえ。若旦那が心配してるのはそういうことなんだ」

「すべてのみ込んでおります」

やすは言った。

「お客商売は評判が大事です。それに、政さんがいるのにわたしが刺身をひくことはありませんよ」

「物分かりがいいのは美徳だが、おやす、おまえは女料理人になるんだから、いつかはそうした世間の風もはねのけて、堂々と柳刃を握らねえとならねえよ。客に出さない賄いならいくらひいても構わねえ、手頃な柳刃を見繕ってやるから、それで練習を始めるといい。若旦那だっていろいろ考えてはいるようだ。いつかきっと、おやすを、これが紅屋の料理人でございます、とお披露目してくれるだろうよ」

「お披露目だなんて、そんな、とんでもないです」

「ま、若旦那はおやすの才をちゃんと認めてる。それだけ、忘れないでいてくれたらいい。ところで、な。おちよのことなんだが」

やすの胸がどきりとした。

「俺の勘違いだったらいいんだが……おちよは、もしかして……腹にややこがいるんじゃねえのかい」

やすは茶碗を取り落としそうになった。顔色が変わったのをさとられまいと、下を向く。

「いいんだ、答えなくていい。おやすが俺に黙っていたってことは、誰かから口止めされてるんだろう。だったらその信を裏切るわけにはいかねえだろうよ。黙ってればいい。ただ、俺の勘違いならそう言ってくれれば、俺は安心できる。知ってるように、俺も昔、かかあの腹にややこがいるってのを見て来た身だ。その時の様子に、この頃のおちよが似てると思ったんだ。食が細くなって顔色も悪いし、みんなに隠れて外でげえげえ吐いてるし、あれはつわりってやつじゃないか、ってな。もともとぽっちゃりしてるからまだ腹は目立たねえが。しかし俺より目ざといはずのおしげが何も言わねえし、おちよと親しいおまえさんも口を噤（つぐ）んでるから、やっぱり俺の勘違いなんじゃねえかとも思った……だが、そう言えばこの頃、皿洗いはいつもおやすが一人でやってるし、おしげがおちよを叱（しか）り飛ばしてるのも見なくなった。それだけじゃねえ、番頭さんまでなんとなくそわそわして、おちよのことばかり見ている気がする。それで思ったのさ……やっぱりおちよは孕（はら）んじまってて、それを知ってる者もいるんだ、って。そう考えたら合点（がてん）がいった。例の押し込み騒ぎで、おちよをたぶらかして奥の間取りを知ろうとしたやくざ者がいたが、品川から逃げちまったのかその後のことを聞いてねえ。盗賊の件はこっちでかたをつけたが、手先に使われた流れもんなんかどうなろうと知ったこっちゃねえからな。だがそいつがおちよを孕ませてたんなら話は別だ。とっ捕まえて痛い目に遭（あ）わしてやらにゃ」

「それは、それはだめです！」

やすは思わず言った。政さんは笑った。

「はは、大丈夫だ、頭ん中ではそう考えたが、本当にやったりはしねえよ。おちよの為にも、流れもんのことなんか忘れちまった方がいい。けどな、腹にややこがいるとなると……」

やすはまた下を向いた。

「わかった、すまなかったな。おまえさんに訊くことじゃねえ、おしげか番頭さんに直接訊いてみる。ただ、ちょっとおやすにな……おやすの意見を聞いてみたかったんだ」

「わたしの……意見、ですか」

「うん」

政さんは、洗い終えた皿や器を笊に積み上げると、それを抱えて立ち上がり、顎をしゃくった。

奉公人たちが休息に使っている、あの平らな石の方へ。

やすはその石を見るたびに、大地震の夜のことを思い出す。あの夜、思わず抱きついたその大きな石が、ずずっと動いた時にはあまりの怖さに泣き出してしまった。今でもまだ、裏庭から草地に通じるあたりに出来た地割れの跡はそのままで、生えた草に隠れてはいるが、落とし穴のように亀裂が深く残っていた。

だが平らな大石はきちんと元の場所に戻され、奉公人たちがそこに腰掛けて松原の先に見えている青い海を眺めながら、煙管で一服するのに使われていた。

政さんは笊をおろして石に腰掛けた。やすもその隣りに座った。

「おちよは腹の子を流したいと思ってるんだろうなあ」

政さんは言った。

「まあそりゃそうだ、ろくでもねえ流れもんに騙されて孕んだんだ、そんな子なんか産みたくはねえだろう。おちよはいずれ、土肥の老舗旅籠の女将になる身、てなし子なんか産むわけにはいかねえしな。おちよにしてみたら、孕んだのは災難だ。おちよはまだ十七か八だろう、子を流したってきっとまた孕める、ちゃんと婿養子に来てくれるまともな男と祝言をあげて、跡取りを産んで、幸せに暮らしていけるんだもんな。でもな」

政さんは、照れたように笑った。

「俺は男だし馬鹿だから、どうしても思っちまうんだ。もったいねえ、ってな」

「……もったいない、ない……」

「かかあの腹にややこがいるとわかった時、俺は嬉しくてな。……天にも昇る気持ち、ってのはああいうのを言うんだな。足元がふわふわして、嬉し過ぎてまともに物が考えられねえ、ってくらい嬉しかった。俺の生まれた長屋は本所にあって、おとうは材木問屋で、おっかあは煮売屋で働いていて、俺の上には兄貴、下には妹、まあそれなりに楽しく暮らしてたんだ。けどお江戸名物の大火事で妹とおっかあが焼け死んで、兄貴とは生き別れ。おとうも火傷を負って働けなくなった。仕方なく俺が料理屋に奉公に出たんだが、結局おとうも半年もせずに死んじまった。団子屋のおくまはおっかあのほうの従妹だが、近い親戚と言えばおくまのところだけ。藪入りなんかはおくまのとこで過ごさせてもらった。親切にしてはもらえたが、自分の家じゃねえ、遠慮して気をつかって、俺は正直、奉公先の台所で寝てた方が気楽だと思ったよ。そんなだから、俺は十の時から一人に慣れてたし、一生一人もんでも別に構わねえと思ってたんだ。けどな、かかあと出逢って所帯を持って、俺は思い出したんだ。貧乏所帯でも楽しく暮らしていた、子供の頃のことをな。そんな矢先にややこが出来たとわかって、俺は、取り戻せると思ったんだな……大火事で失っちまった、あの、ささやかで、あったかい毎日を。なのに、ややこもかかあも、死んじまった」

「政さん……」

「おやす、おまえはどう思う？　俺には子供を育てるのは無理かな」

「子供を……まさか、政さん、おちよちゃんと一緒になるつもりですか！」

あはは、と政さんは笑った。

「それはいくら何でもおちよに気の毒だ。ひと回り半も年上の、くたびれたおやじだ、おちよが嫌だって言うだろうよ」

「そ、そんなことないです。お小夜さまだって同じくらい年上の方に嫁がれました。ふた回りくらい離れたご夫婦もたくさんいらっしゃいます」

「だとしても、おちよはそういう男に惚れるたちじゃねえよ。今のおちよは、まだまだ、見た目に惹かれる年頃だ。だから流れもんなんかに引っかかっちまったのさ。それに、別におちよの悪口を言うつもりはねえが、おちよと所帯を持ちてえとは思わねえしな。第一おちよは土肥に帰って婿養子をとることになってるんだ」

「政さんの料理の腕なら、どんな旅籠だって欲しがります。おちよちゃんの実家も、政さんが来てくれるなら大喜びです」

「だから、俺にその気はねえんだよ。俺はまだまだここでやりたいことがある。何より、おまえさんをきちんと仕込みたい。それが終わるまではどこにも行くつもりはねえ。ただ……おちよがややこを産みたいと思ってるんなら、生まれた子を俺が引き取ることはできねえもんかなあ、と……いやいや、悪かった、忘れてくれ。こんなのは俺の勝手な思いだ。それに男の手で赤子を育てるのなんざ無理に決まってる。悪かった、悪かった」

政さんは笊を抱えて立ち上がった。

やすもそのあとについてお勝手に戻った。皿洗いが終わっても仕事はまだ残っている。だが、政さんの言葉に動揺し、やすはしばらく、自分が何をしているのかもわからなくなって、一度洗って乾かした笊にまた水をかけてしまった。

政さんは顔色一つ変えずに淡々といつもの仕事をして、お先に、と長屋へ帰って行った。

政さんが、おちよちゃんの産んだ子を引き取って育てる。

そんなことってあるんだろうか。できるんだろうか。

やすは、いてもたってもいられなくなり、仕事を終えてお勝手の蠟燭(ろうそく)を吹き消すと、ちよの部屋へと向かった。

ちよは奥の仕事を終えて、縫い物をしていた。

「あ、おやすちゃん」

そっと障子を開けると、灯明皿を手元の高さになるよう小物箪笥の上に置き、灯りに身を寄せるような窮屈な姿勢で針を動かしていたちよが顔を上げた。

「なに、どうしたの？」

「ちょっと、いい？」

「いいけど」

ちよは縫い物をたたんで膝元に置いた。

「急ぎの仕事？　手伝おうか」

「ううん、大旦那さまの繕い物だから急がないの。あのお方は着物でも足袋でも、替えを山ほど持ってらっしゃるから。それよりどうしたの？　あ、皿洗い、このとこずっと任せちゃってごめんね」

「いいのよ、この季節はまだ水仕事が楽しいから」

「でも随分虫の音がうるさくなって来たね」

「そうね、もう秋だものね。おちよちゃん、体の具合はどう？」

「うーん、だいぶいいかな。食べ物の匂いで気持ち悪くなるのは収まって来た。ここんとこ、炊いたご飯も食べられてる」

「良かった。つわりには西瓜がいいって聞いたから、明日は西瓜を買って来ようね」

「まだ売ってる？」

「売ってるわよ」

「ありがとう。でもおやすちゃん、大事なお給金なんだからあたいの為になんか使わなくていいよ。病気じゃないんだし」

「いいの、わたしも食べたいし。西瓜の一切れふた切れくらいは買えるようになったのが嬉しいの」

「嬉しいよね、お給金があるって。あたいもここに来て、お給金いただけると知った時はすごく嬉しかった。実家では、女将になる修業だからってこきつかわれたけど、びた一文もらえなかった。けどおやすちゃんはまだ小さい頃にここに来たんでしょう？　ずっとお小遣いもなしで、よく我慢できたね」

「我慢なんてしてないよ。欲しいと思わなかったもの。ここでは朝夕、お腹いっぱい食べさせてもらえるし、八つ時にも甘いものやお餅やら、昼餉がいらないくらい食べられるでしょう。着物はおさきさんとおまきさんが、長屋から手頃なのをもらって来てくれてたし、年に二度の女衆の衣替えの時は、わたしも新しい着物がちゃんといただけたし。でも、そうねえ、やっぱり自分のお金で何かを買ってみたいと思うことは、大人になってからはあったかな」

「おやすちゃんは欲がないよね」

「そんなことないわよ。わたしは欲張りよ」

「ほんとに？」

「ほんとよ。やりたいことがいっぱいあるし、ああだったらいいのに、こうならいいのに、と始終思ってる」

「そっか。おやすちゃんは、物は欲しくないけど、望みはたくさんあるんだね」

「そういうことね。だからわたしは、自分の欲張りに呑み込まれないように用心してるの」

「欲張りに呑み込まれる？」

　やすはうなずいた。

「ああならいいのに、こうならいいのに、ばっかり考えていると、そうでない自分のことが嫌になるでしょう。それに、誰かのことが嫉ましくもなる。妬みって、心をぐいって捻じ曲げてしまうものだから」

「身の程を知る」

「え？」

「そういうことなのかな。身の程を知る。自分には不釣り合いな望みを抱いたらいけない、ってことなのかな」

「……少し違うんじゃないかな。望みはどんなに大きくたっていいと思う。でも望んでばかりいて、それを手に入れる為に骨を折らずにいたら、望みを叶えている人たちのことがただ羨ましくて嫉ましくて、心が曲がっちゃうと思うの」

「骨を折っても手に入らなければ、余計に曲がっちゃわない？」

やすは考えた。ちよの言うことにも一理はあるように思える。だが、骨を折ることが無駄だとは思えなかった。

「何も手に入らないってことはないと思うの。骨を折ってこつこつやれば、何か一つくらいは身に付くんじゃないかな。魚の鱗が上手に取れなくて、毎日毎日、取り損ねた鱗を毛抜きで一枚ずつ剥がしてたことがあってね、政さんはそれでも、鱗取りをやらせて、わたし、情けなくて泣きながら剥がしてた。でもいつの間にか、毛抜きで探しても鱗が見つからないようになった。でもそれよりも驚いたのが、毛抜きの扱いが上達したことだったの。鯵の小骨を抜く時に、前みたいに身をぐずぐずにしちゃうような失敗をせずに、すっ、すっ、と小骨が抜けるようになったの。毛抜きを上手に使えるようになっただけでも、何もせずにいるよりは前に進んだ。この世にはどうにもならないことって確かにあるけど、どうにかしようともがいてみることは無駄じゃないと思う」

「そんなもんかな」

　ちよは肩をすくめて笑った。

「あたいの望みも毛抜きでどうにかできればいいんだけど」

「おちよちゃん……」

「おやすちゃんが今夜ここに来たわけ、わかるよ。訊きたかったんでしょう。いつ中条流に行くつもりなのか」

「……それは、おちよちゃんが決めることだから」

「ぐずぐずしてる暇なんかないんだよね。もうちょっとしたらお腹が目立つようになって、他の女中に気づかれちゃうし、何より、ややこが大きくなればなるだけ、流すのが大変になる。早く決めないといけないのはわかってるの。わかってるんだけど」

「中条流に行くのが怖い？」

「そりゃ怖いよ。だってすごく痛いだろうし、血もたくさん出るだろうし。昔よりは随分とましになったって話だけど、それだって、子堕ろし（こおろし）で死んだ女はたくさんいるんだもの。でも他にどうしようもないんだよね……だけど……ただ怖いから決められないんじゃないの。あたい……自分の気持ちがわからないんだよね。本当はどうしたいのか……子供なんか産んだら、あたいのこの先はめちゃくちゃになる。だから堕ろしたい。それも本心なの。なのにね……堕ろしたくない、産みたい、って気持ちもあるんだ。ややこのてて親に未練なんかないよ。今でも好きかと言われたら、やっぱりまだ好きなんだろうけど、でも二度と逢いたくないのは本当だよ。あいつのことはもう忘れたい。あいつの子が欲しいわけじゃない。でも、どうしてなんだろう、産みたい、って思う気持ちが毎日毎日大きくなってる」

やっぱり。やすは、ちよの本音にやっと触れた気がした。ちよはややこを産みたいのだ。

流したくないのだ。

「そんなことできない、ってわかってるのに。でも、無理な望みなんだから早く諦(あきら)めないとね。さっさと流してすっきりして、あいつと出逢う前のあたいに戻りたいし」

「でも……産みたい、んでしょう」

「産みたい。産みたいけど、産んだらあたい、どうにもならなくなる。実家には戻れないし、紅屋はあたいの実家と親戚だから、紅屋にだっていられなくなるもん。どこにも行くとこがなくなって、しかも赤ん坊を抱えてたら、住み込みの奉公にだって出られない。一膳飯屋とかどこかの小さな店で働くにしたって、昼間は赤ん坊をどうすればいいの？　それに女一人で稼げる銭なんかたかがしれてるよ。子供にちゃんと食べさせてやれるだけ稼ぐには、岡場所にでも落ちるしかない。あたい、それだけは嫌なの。女郎にはなりたくない」

一気に言って、ちよは、苦笑いした。

「おやすちゃんが相手だから、本当の本当を言うとね、あたい、子供はまだ欲しくないんだ」

「……産みたいのに？」

「うん。育てる自信なんかないし、もともと、忘れたい男の子だし。そりゃ生まれたら可愛いだろうし、育てていれば手放せなくなるんだろうけど、今はそういうの、あまり想像できない。十七で最初の子を産むのは珍しいことじゃないけど、あたいはまだもうちょっと身軽でいたい。それが本音だよ。でも、今このお腹にいる子を流したくない、産みたいと思うのも本音なの。だからわからなくなっちゃうんだよね、自分の気持ちが。産みたいのか産みたくないのか、自分でもわからない。だからさ、あたい、自分の気持ちがどうこうよりも、苦労しないで済みそうな方を選ぶ。それしかないでしょう?」

「……おちよちゃんが決めるしかないよね。おちよちゃんにしか決められない」

「そうなの。あたいにしか決められない。だから決めたよ。明日、番頭さんに話して、近いうちに中条流に連れてってもらう。二、三日は仕事ができないかもしれないんで、番頭さんに何か適当な言い訳を考えてもらわないとね」

やすは何か言おうとしたが、言葉が見つからなかった。今、政さんが子供を欲しがっているとちよに伝えることがいいことなのかそうでないのか、わからない。ちよは子供が欲しいわけではなく、ただ恐怖と、そしてやすにはわからない、母となりつつある心の変化から、お腹に宿した子を流したくないと思っている。だとしたら、生まれた子を誰かが引き取ってくれるのであれば好都合だ。だがそんな簡単なことではないのだ、と、やすには思えた。お産は命がけのことだ。お産で亡くなる人は大勢いる。今は子供など欲しくないと言っていても、命をかけて子を産んだら、その子を手元で育てたい、その子を手放したくないと思うだろう。だが里子に出すことを承知で産めば、その子はちよの手から引き離されてしまう。その時のちよの悲しみは、やすにははかり知れないほど深いものに違いない。

　自分に何か口出しのできることではない、と、やすは思った。自分は無力だ。おちよちゃんの為にも政さんの為にも、何もできやしない。

　おちよちゃんがそう決めたなら、もう仕方のないこと。やすは言葉を呑み込み、無理に笑顔を作った。

「どっちにしても、しっかりご飯を食べて元気になっておかないとね。明日の西瓜、楽しみにしてて」

「うん。ありがとう」

「まだちょっと寝入りばなは寝苦しいけど、体を冷やさないようにちゃんと何かかけて寝てね。そろそろ夜中は冷えるよ」

「そうだね。わかった」

「縫い物も、こんを詰めると体に障るから。間に合わないようなら手伝うから、言ってね」

　ちよは微笑んでうなずいた。

　だがその微笑みは、初めて見るほどに切なく、寂しげな微笑みだった。

　あんな笑顔は、おちよちゃんに似合わない。

　やすはちよの部屋を出るなり、涙を袖で拭った。

❖

「西瓜ですか。いいなあ、わたしももらおう」

境橋のたもとに出た西瓜売りの店先で、背後から声がかかって振り向くと、幸安先生が立っていた。

　手には医者の道具箱のようなものを提げている。

「先生、往診ですか」

「ええ、みやこ屋さんのご隠居さんに呼ばれました」

　みやこ屋は、紅屋と同じ平旅籠だ。ご隠居さまは紅屋の大旦那さまよりお年が上、もう七十を三つ四つは超えなさったはず。やすが品川に来た頃は、よく大通りを歩いて来ては、紅屋にも寄って、大旦那さまと碁を打たれていた。

「ご隠居さま、どこかお悪いんですか」

「いやまあ、お年ですからね。悪いと言えばあちこち悪いが、お元気と言えばお元気です」

　幸安先生は、立ったまま西瓜にかぶりついた。

「おやすさんは食べないんですか」

「これ、おちよちゃんに食べさせてあげようと思って」

「なんだ、それならわたしだけ食べてしまって申し訳ない。どうです、半分食べませんか、これ」

　幸安先生は、かぶりついた痕が半円に欠けた西瓜を差し出した。その屈託のない無邪気さに、やすは思わず笑った。

「いえいえ、わたしに構わず召し上がってください。わたしはこれ、おちよちゃんと半分こしますから」

　小さな桶に入れ、布巾をかけた西瓜は、一個を八つに切ったものでなかなか大きい。

「何かおつかいのついでですか」

「あ、いえ、八つ時なので、夕餉の支度で忙しくなる前に、少し休めるんです。おちよちゃんに西瓜を買ってあげると約束したので」

「紅屋さんは奉公人に優しい、いい店ですね。奉公人に、一日の中できちんと休みを取らせるのはとても大切なことです。人は働き詰めると頭が麻痺してしまうことがあるんですよ」

「まひ？」

「何も考えられなくてぼーっとしてしまうんです。特に夏場の暑い頃はよくない。そういう時に大きなしくじりをすると、命に関わります。思いもよらない怪我をしたり、誰かに怪我をさせてしまうこともある。一日の中で、ちょっとでも休む間を設ければ、そうしたことが防げます。体を休めるだけではなく、今あなたがしているように、ちょっと仕事を離れている間があるだけでいいんです」

「そんなものなんですか」

「そんなもんなんですよ。人はちょっとした気晴らしで救われたりするんです。そういうことがわかっている主人を持てるというのは、奉公人にとって幸せなことです」

幸安先生は、ぷぷっ、と西瓜の種を地面に吹き付けた。

「立秋が過ぎたのに、まだ西瓜が美味しいなあ。今年の夏は暑かったからかな。暑い方が西瓜は甘くなると聞いたことがあります。でもこんな陽気もあと数日ですね。もうじき風が変わって、秋が来ます。夜はもうだいぶ涼しい」

「へえ。夜は団扇なしでも寝られるようになりました。虫の音もうるさいほどです」

「どうもね、今年の秋は大風が心配なんですよ」

「大風ですか」

「こういう、夏の終わりに暑さが続いた年は、大きな嵐が来ることが多い。わたしのとこは店賃が安い代わりにひどくぼろなので、大風が来たら屋根が飛んでしまうかもしれない。今のうちから直しておいた方がいいんですが、何分にも先立つものがねえ」

「屋根が飛ぶほどすごい大風が来るんですか！」

「いやまだ、来ると決まったわけではありません。ただね、月が代わっても続くこの暑さで、ちょっと心配になっただけです。怖がらせてしまってすみません」

幸安先生は、西瓜の皮を境橋から川に投げた。透き通った水に沈む緑色の西瓜の皮。まもなくどこからともなく小魚が集まって来た。

「ところで、あの面白い謎々ですが」

「なぞなぞ？　あ、お小夜さまの旦那さまに作ってさしあげる料理のことですね」

「柔らかいものが好きな人でも食べられる硬いもの、でしたっけ。油っこいものが好きな人に食べさせるさっぱりしたもの、とかなんとか」

「へえ。柔らかいものばかり食べていると歯が悪くなると聞きました。油っこいものばかり食べていては胃の腑が悪くなるとも」

「確かに、柔らかいものばかり食べていると顎が弱くなりますね。油の多いものはお腹を壊しやすくなり、人によっては肝や胃の腑を傷めます。しかし食べ物の好みというのはそう簡単に変わらない。おやすさんは、もう何かお考えがあるんですか」

「ぼんやりとですけど、考えていることはあります。柔らかいものが好きでずっと柔らかいものばかり食べていたとしたら、お小夜さまの旦那さまはすでに顎も歯も、硬いものを無理に噛んだのではかえって良くない有り様なのかもしれません。いきなり硬いものをお出ししても、噛むのが大変ですし、美味しいとも思わないでしょう。けれど長く噛むことならできるのではないかと。それほど硬くなくとも、何度も何度も噛むような食べ物であれば」

「いいですね。何度も噛むと顎は丈夫になります。硬すぎるものを無理して噛むよりいいと思います。それに噛めば噛むほど唾が出ます。唾は、たくさん出る方が体にはいいと言われています。で、どんな料理なんですか、長く噛んでいられる料理とは」

「すみません、まだはっきりした形になっていないんです。頭の中にあるだけで」

「面白そうなので、わたしもちょっと考えてみたんです。以前に薬食同源についてお話ししましたよね。食べるということは、生きるということ。我々漢方医にとっては、食べることすなわち、治療でもあります。何をどんなふうに食べるかは、健やかに生きる為にとても大切なことなんです」

「へえ」

「あなたと話していて考えたんです。健やかに生きる為の献立を考えてみたらどうだろうと。それを本にするんです。それを見れば、どんな病の時にはどんなものを食べればいいか、どんなふうに食べればいいかわかる、そんな本です」

「それは面白そうです。ぜひ読ませてください。……あ、でも、その……難しい字は……」

　幸安先生は朗らかに笑った。

「難しい字などない本にしますよ。難しい字をすらすら読めるような人には、他にもっと良い書物がありますから。できるだけ絵を多くして、誰でも読めるようなものにしようと考えています。おやすさん、その、お小夜さまという方のご主人に出す料理が出来上がったら、ぜひわたしにも試食させてください」

「へ、へい」

「わたしも考えて、良い献立を思いついたらお知らせします」

「あの、それならば、一緒に日本橋に行きますか？」

「日本橋？」

「お小夜さまが嫁がれたのは日本橋の薬問屋さんなんです」

「薬問屋……」

「十草屋さんという大店です。有名な長崎屋さんのご親戚だそうです」

「十草屋ですか。知ってますよ、大層な大店だ。わたしなんぞはあんな立派な問屋から仕入れられませんが。そうですか、十草屋に嫁がれた……」

「後添いと聞いています。十草屋の主人、清兵衛さんは、奥様に先立たれたとか」

「詳しいことは知りませんが、十草屋は先代が早く隠居して、今の主人は若いがなかなかの商売上手だとか。しかしあそこは、南蛮の薬草も扱っているのではなかったかな。ご禁制の品も特別に扱っていると聞いたことがあります。いずれにしても、わたしなんぞのような貧乏医者は、あんな大店が扱う上等の生薬には手が出ません。しかし長崎屋さんと親戚となると、これから先はいろいろ大変かもしれませんよ」

「大変？」

「長崎屋と言えば、南蛮人との交流で有名です。長らく、南蛮の使者が千代田のお城に上がる際には長崎屋を宿としていた。しかし南蛮、すなわちおらんだは、今は微妙な立場だと思います。黒船来航からこっち、今はめりけんがわが国と取引をするための条約を求めていますし、めりけんとの条約が結ばれれば、えげれすやふらんすも同様の条約を求めて来るでしょうから」

やすは、幸安先生が何の話をしているのかわからずにいた。その怪訝そうな顔を見て、幸安先生は頭をかいた。

「申し訳ない。べらべらと勝手に喋（しゃべ）ってしまいました」

「いいえ、教えてください。じょうやく、とは何なのですか」

やすは本気で知りたいと思っていた。自分にはわからないし、わかる必要のないことなのかもしれないが、知りたい。

「条約とは……約束というか、取り決めのことですね。今度の場合は、通商条約と言って、国と国の間で品物を売り買いする為の取り決めです。たとえば、そうですね、国によって通貨、つまり使っているお金が違います。わが国では、金貨や銀貨などを使い、朱、分、両などという名前をつけてお金をやりとりしていますが、外国にはそれぞれ違ったお金があり、そのお金の価値もまた違うんです。まずは取り決めによって、それらの価値が等しくなるような基準を設けなくてはならない。他にもたくさん、取り決めないといけないことがあります。それらを条約という形でまとめるんです。めりけんが求めているのは、その条約だろうと思います」

「でも……耶蘇教（やそきょう）の布教をする国とは交流しないのが、決まりですよね」

「ええ、わが国のように外国との交流をごくごく限られた範囲でしかしないことを、鎖国、と言うんですが、もはや鎖国は通用しないご時世になったのかもしれません。めりけんは港を開き、条約を結んでわが国と取引することを望んでいるようです。めりけんにそれを認めれば、えげれすやふらんすにも認めることになるでしょう。そうしていずれは、開国することになる」

「かいこく」

「国を開くこと。外国と交流し、品物を取引することです。しかしそうなれば、異国の進んだ文化がどんどん流れこんで来ます。その結果、異人がこの国を支配してしまうのではないか、と怖れている人たちもたくさんいるんです。わが国は鎖国のままでいい、異人は排除して日の本から追い出すべし、と唱える人たちもいます。それを、攘夷（じょうい）、と言います」

「じょうい」

「開国か攘夷か。この国は、二つの考え方に引き裂かれてしまうかもしれない」

「どちらの方が良いことなんですか」

「それは難しい」

　幸安先生はまた頭をかいた。

「わたしなんかにはとても答えられないな。異国の優れたものがどんどん入って来て、人々の暮らしが良くなるのであれば開国もいいと思います。けれどそれだけで済むのかどうか。あなたも、瘡毒（そうどく）（梅毒）のことは知っているでしょう？　瘡毒も大陸からもたらされた病気で、足利様の時代よりも前、源氏物語の時代にはこの国になかったんです。開国すれば、そうした病も人の交流と共に増えるでしょう。病だけではない、異国の優れた武器がたくさん入って来れば、あちらこちらで戦いが起こるかもしれない。人というのは武器を手にしたら使ってみたくなるものですからね」

「では、じょうい、が正しいのですか」

「いや、攘夷は無理でしょう。おっと」

幸安先生は身をすくめて見せた。

「迂闊なことを口走ると番屋に引っ張られるかもしれません。どうもこの頃、お江戸だけでなくこの品川も嫌な風が吹いてますからね。しかし、あなたは黒船を見ましたか」

「いいえ。男衆の中にはわざわざ見物に行った人もいたようですが、わたしはまだ子供でしたし、おそろしくて。大筒の弾が飛んで来ると噂もありましたし」

「異国はあの黒船のように大きな船をたくさん持ち、それらの船はわが国の大筒の何倍も遠くまで弾が飛ぶ大筒を備えています。それだけではない、鉄砲もこの国にあるものよりずっと威力があり、遠くまで弾が飛ぶそうです。それに比べ、お侍の刀は刀の届く近さでないと相手を斬れません。また異国の人々は、戦場でなくとも小さな鉄砲を身につけているとも聞きました。そんな人たちが攻めて来たら、この国はあっという間に彼らに奪われてしまうでしょう」

　やすは驚いた。背中に悪寒が走る。

「せ、攻めて来るんですか、異国の人たちが」

「攘夷を強行し、異国人を追い出したり危害を加えたりすれば、怒って攻めて来るでしょうね。攘夷など、できっこないんです。なのに攘夷、攘夷と口にする人達がどんどん増えている」

「どうしてそんなことに」

「これ以上はどこに耳があるかわからないのでやめておきます。いずれにしても、我々貧乏長屋の住人は、自分のこと、その日食べるもののことで手一杯です。異国と争いにならないよう、せいぜいお上に頑張っていただくしかありません。では、わたしはちょいと寄るところがあるので、このへんで」

　幸安先生は、少し跳ねるような楽しげな足取りで北のほうへと歩いて行った。その背中には、さっき口にしていたおそろしい話に繋がるものは何も感じられない。先生は怖くないのだろうか。異人が攻めて来て、この国が奪われてしまうかもしれない、なんて口にして。

やすは頭をぶん、ぶんと横に振った。大袈裟だ。脅かしているだけだ。

それに、異人がいくら船に乗って攻めて来ても、陸に上がってしまえばお侍さま達が退治してくれるだろう。船にどれだけ食べ物を積んで来たとしても、限りはある。陸に上がって何ヶ月も戦っているうちに、食べる物がなくなる。そうしたら戦い続けることなんかできない。戦うことのできない女子供は山にでも逃げ込んで、じっと待っていればいい。

でも見つかったらどうなるのだろう。異人に捕まってしまったら。

やすは身震いした。それ以上は考えたくなかった。

「西瓜、美味しい」

ちよは嬉しそうに言った。

「もう夏も終わりだから、今頃の西瓜は美味しくないだろうと思ってたのに」

「さすがにもう店じまいだと言ってたわ、西瓜売りのおじさん。あと二、三日、晴れたら店を出すけれど、それでおしまいだって」

「なんだかつまらないね、夏が終わっちゃうって」

「そう？　わたしは秋が好き。涼しくなってご飯が美味しく食べられるし、お魚も野菜も秋のものは味がいいのよ。きのこも楽しみだし」

「そうか、そうよね。秋はいろいろ美味しいものがあるよね。あたい、栗が大好き」

「山栗は実るのが早いから、もうちょっとしたら様子を見に行ってみるね」

「わあ、嬉しい。栗ご飯食べたいな」

「食が戻って来たんだね、良かった」

「うん、もう大丈夫。朝餉に炊きたてのご飯をいただいたけれど、気持ち悪くならなかった。おさきさんが言ってた、つわりが収まると今度はとにかくお腹が空いて、食べても食べても食べ足りなくなるんだって。でもあまり食べて太るとお産が重くなるから、加減して食べて、動けるうちは良く動いた方がいいんだって」

「おさきさんに話したの？」

「ううん、話してない。でもあたいの様子が、自分が最初の子を孕んだ時に似てるって話になったの。それで」

「おちよちゃん、気をつけた方がいいよ。それって、おさきさんは気がついてるのかもしれない。おさきさんはとっても優しい人だから、悪い噂を広めたりはしないだろうけど、おさきさんが気づいたってことは、他の人も気づくってことだよ」

「そうかなぁ。まだお腹は出てないけど」

「通いの女中は子持ちの方が多いんだから、わたしなんかよりそういうことには詳しいし、目ざといよ」

「そうね。でも」

ちよは、西瓜の種を桶に吹いた。

「噂になる前に終わるから、大丈夫」

「終わる？」

「番頭さんと相談して、十日後に中条流に行くことになった」

ちよの口調は淡々としていた。

「決めたんだからもっと早くしてもらいたいのに、中条流も大流行りみたい。この頃は蘭方医が使うえーてるとかいう薬で寝ちゃってる間に終わるんで、痛くないんだって」

そう言えば、お小夜さまの母上さまも、蘭方医に手術というものをされたと言っていた。芥子を使った薬で眠っている間に終わったとか。えーてるというのはそれと同じようなものなのか、それとも違うものなのか。いずれにしても、寝ている間に終わるのならば苦痛はないだろうし……

でも。ちよの口調はあまりにも淡々としていて、自分のことを話しているように感じられない。

痛くはないと言っても、薬の効果がなくなったら痛みがあるかもしれないのに、そうした心配をしている様子もない。

本当にいいの？　それでいいの？

喉元まで出かかった言葉をやすは呑み込んだ。

ちよが決めたことに、他人は口出しできないのだ。

ちよは食べ終えた西瓜の皮を桶に放ると、やすの顔をじっと見つめた。やすは居心地の悪さを感じて思わず下を向いた。

「あたい、田舎に帰ろうと思ってる」

「え？」

「帰って親が探して来た男を婿に迎えて、若女将になる」

「……おちよちゃん……」

「あたいが継母にいじめられてるのを知って、大旦那さまがここに連れて来てくれたんだけど、どうせいずれは帰って継母と戦わないとならないんだよね」

「戦う、って……」

「継母に子供が生まれたら、あたい、帰れなくなるかもしれない。こっちで適当なとこに嫁にいかされるかも。前はそれでいいと思ってた。あんな田舎の旅籠の女将になったって面白いことなんか何もないもん、こっちで誰かの嫁になって、ずっと品川で暮らせる方が楽しそうだ、って。でもね……あたい、わかったんだ。あたいはおやすちゃんみたいにはなれないって」

「わ、わたし？」

「おやすちゃんは賢くて、ちゃんと考えてから何かするでしょ。あたいはだめ。心に思ったらすぐやっちゃうの。それで後悔して、みんなにも迷惑かけて。あたいは品川やお江戸で暮らせる女じゃないのよ。田舎にいた方がいいの。その代わり、継母に実家を乗っ取られないように、早く戻って婿をとって、若女将の仕事をするの。いじめられたって平気だよ。やられたらやり返してやるんだ」

　ちよは、くすくすと笑った。

「いつか、おやすちゃん、好いたお人と土肥に来てよ。温泉はいいお湯だし、海は綺麗だよ。あたい、いい女将さんになる。もう……もう、田舎から出ない」

　ちよは不意に下を向いてすすり泣いた。

やすは、突然強い怒りを覚えた。

おちよちゃんは傷ついたんだ。深く、深く心を傷つけられた。もう田舎に帰りたい、田舎から出たくない、そこまで思うほどに。

どうして？

なんでおちよちゃんがこんな目に遭わないといけないの？

おちよちゃんを傷つけた男は逃げてしまった。

おちよちゃんはただ、その男のことを好きになっただけなのに。

でもみんな、おちよちゃんがばかなんだって思ってる。おちよちゃんが悪いんだって。

騙されたおちよちゃんばかり、辛い思いをしてるのに。

政さんなら、おちよちゃんを傷つけたその男を追いかけて、番屋に突き出すくらいのことはしてくれる、どこかでそう期待していた。でも誰も、おちよちゃんの仇(かたき)を討ってくれようとはしない。逃げた男はそのままだ。

やすの頬(ほお)に、悔し涙が伝った。

「やだ、おやすちゃん、どうしたの？　あたいのこと、かわいそうと思った？」

ちよが言った。

「あたい、かわいそうじゃないから。憐（あわ）れまないでよ。憐れまれると惨めになる」

「違う、違うの」

やすは涙を拭った。

「違うのよ。……ただ……」

悔しくて。

悔しくて、悔しくて。


「仕返し、してやりたい」

「え？　おやすちゃん、何言ってるの」

「……おちよちゃんを騙した男に、仕返ししてやりたいな、って」

「おやすちゃん……」

おちよは朗らかに笑った。

「おやすちゃんでも、そんなこと考えるんだね。ちょっと驚いたけど、でも、嬉しい。おやすちゃんがそこまで思ってくれて。でもなんだか似合わないよ。おやすちゃんは誰かを憎んだりするの、似合わないから」

「似合わない、かな」

「うん、似合わない。だめだめ、おやすちゃんじゃ、仕返しなんかできない」

ちよの笑い声で、やすの心は少し軽くなった。

「似合わないなら、やめとこうかな」

やすも笑いながら言った。

「やめとこ、やめとこ。仕返しなんて、やめとこ」

ちよが手を伸ばしてやすの袖を摑(つか)んだ。やすは体をちよの方に寄せた。

ちよは、甘えるようにやすの肩に頭をのせた。ちよの頬にも涙のあとが残っていた。


「おちよから聞いたかい」

翌日、朝餉を出し終えてひと息吐いたところにおしげさんが顔を出した。他の奉公人たちの耳があるので、なんとなく二人で裏庭へと出た。

「へえ。……中条流に行く日が決まったと」

おしげさんはうなずいた。

「ま、あの子が自分でそうと決めたんだから、ひとまずはよかった、ってとこかね。

昔と違って医術が進んだおかげで、あんまり痛くもないし、後も悪くならずにまた子が孕めるって話だし。でも運が悪いと今でも、熱が出てひと月も寝たきりになったりするらしいからね、気をつけてやらないと。あの子は田舎に帰って婿をもらって、跡取りを産まないとならないんだから」

「おちよちゃん……辛そうでした」

「そりゃ辛いだろうさ。あたしゃ孕んだことがないからわからないけど、自分のお腹にややこがいるってわかったら、次第に可愛いと思うようになるんだろうし、なんたって腹の中の子とはいえ生きてるんだからねえ。それを引きずり出しちまうんだから、寝覚めも悪いよ。あの子もお地蔵さまに手を合わせて暮らしていくことになるんだよ。……ほんとにばかなことをしたもんだ。惚れたはれたにつける薬はないにしても、もうちっとましな男に惚れればよかったものを」

「人を好きになるのって、突然穴に落ちるみたいなものだと思うんです。自分であれだこれだと選んでいる余裕もなく」

「まあそうだけどさ、でもろくでもない穴が開いてそうな道は通らない、って選択はできるんだよ。流れもんの博打うちだってわかった時点で近寄らないようにしてたなら、孕まされることもなかったさ。なんにしても、ばかなことをしでかした報いは受けることになっちまったけどね。ところでね、ちょっと訊くんだけど」

「へえ」

「政さんから何か言われなかったかい？」

「な、何かって？」

「ちょっと変なんだよ。政さんがね、おちよのことをあれこれ、あたしに探りを入れて来るのさ。食は戻ったのかとか、仕事はしてるのかとか。顔色が悪いようだが、なんて、今までおちよの心配なんざしたことないくせに。まさか、おちよが孕んでること……」

「言ってません」

やすは首を横に振ったが、おしげさんに隠し事はできない、と覚悟して言った。

「わたしは何も。けれど……政さんは気づいてます。おちよちゃんの様子が、昔、政さんのおかみさんのお腹にややこができた時によく似ていると」

「ああ、やっぱり」

おしげさんはうなずいた。

「ま、他の女中も陰でこそこそ言ってるらしいし、気づかれるもんだよね、ああいうことは。しかし困ったね……政さん、また突拍子もないこと言いださないといいが」

「突拍子もないこと？」

「以前に一度あったのさ。あたしが住んでる長屋で、母親と煮売りやってる十五にな る娘さんが孕んでね。相手は誰なのかどうしても言わないんで、てごめにでもされた んだろうと思うんだけど、いずれにしても産ませるわけにはいかないだろ。中条流に 払う金が工面できないんで、あたしが紅屋から前借りして貸してやったんだ。ところ が政さんがどこから聞いたのか、そのことを知ってさ。あの人の長屋とあたしんとこ とは、大家がおんなじなんだよ。政さんは口が堅いってみんな知ってるから、大家も ちょいと気が緩んで喋っちまったんだろうけどね。それでね、政さんてば、その子に 産む気があるんなら、生まれた子を引き取ってもいい、なんて言い出して。あんたま さか、十五の小娘と所帯持つつもりかい、ってびっくりして訊いたら、そんなんじゃ ないって。子供だけ引き取りたい、引き取って育てたいって言うんだよ。何をばかな こと言ってんのさ、引き取ったって男じゃお乳もやれないじゃないか、って笑ってや ったんだけど、あの人は大真面目(おおまじめ)でさ。乳母を探して、夜中の乳やりが必要な間は乳 母のとこで育ててもらう、その後は乳母に長屋に来てもらって、乳がいらなくなるま で通ってもらえばいい、なんて。乳がいらなくなったって、赤ん坊を長屋に転がしと いて仕事に出られるわけがない。なのに政さんは、おぶってでも料理はできる、なん て言い出す始末。第一、なんでそうまでして赤ん坊を育てないとなんないのさ、子供が欲しいならもうちょっと大きくなって、留守番くらいできる子をもらって養子にすりゃいいだろ。なのにあの人は、赤ん坊を育てたいんだって言うんだよ。……きっと、お産で女房と初めての子を一緒に亡くしちまって、自分の腕に抱けるはずだった赤ん坊のことが頭から離れないんだろうね。あれは、病だね。心の病だよ」

やすは、胸がずきずきと痛むのを感じていた。

政さんの、心の病。

治っていない、大きくて深い傷。

「赤ん坊ってのは、いつまでも赤ん坊じゃない。そのうちに大きくなって、悩んだり困ったり、それぞれに一生があるんだよ。もらい子にしたってもらって親になる以上、その一生も背負っていく覚悟が必要さ。でも政さんのは、ただただ、亡くしちまった子供の代わりにややこを抱きしめたい、そんな思いなんじゃないかね。その先のことまで考えが及んでいないのさ」

「でも……政さんなら、きっといい父親になると思います」

「そうかもしれない。けど、どうせならふた親が揃ってて、ちゃんと母親に世話してもらえるところにもらわれた方が、その子にとってはいいだろう？　仮にその子がややこを産んでいたとしても、あたしゃ政さんが引き取ることがいいとは思わなかったね。もらわれて行くなら、食うに困らないそこそこの家で、ふた親がちゃんと揃ってるところを探すべきだった。まあいずれにしたって、その子は子を流す前に死んじまったからねえ……運のない子でね、子供の時にかかってなかったはしかにやられて。政さんはがっかりしてたけど、あたしはその子には気の毒だと思いつつ、内心、少しほっとした。男が一人で乳飲み子をまともに育てられるわけがないし、政さんの心の病も、そのうちには癒えるだろうと思ったから。だけど……」

「……おちよちゃんは……子を流したいのか産みたいのか、自分でもよくわからないと言ってました」

「本当かい？　けど、中条流に行くことは自分で決めたんだろ」

「へえ。産んだらいけない、産んだら幸せになれない、そのことはわかっているとも言ってました。わかっているのに、どうしてなのか、流したくない、産みたいって気持ちが消えないんだって」

「それってまさか、例の流れもんにまだ未練が」

「いいえ、そうじゃないと。あの男の人のことは、もう終わった、二度と顔を見たくないと」

「どうだか。きっとまだ未練があるんだよ。おちよはばかだよ、ややこを産めば男が戻って来て一緒になってくれる、なんてまだ思ってるんだ」

「……そうじゃないように思います。あの男の人のことがまだ少しは好きなんだとしても、一緒になりたいとは思ってないと。おちよちゃんはむしろ、早く土肥に戻りたがってます」

「本当に？」

「少なくとも、そう言ってます。これまでは仲の悪い後添えさんから逃げることばかり考えていたけれど、実家の旅籠を後添えさんに乗っ取られたくない、戻って若女将になるんだと」

「どこまで信じていいもんかねえ、おちよの言うことを。けど、おちよにその覚悟が出来たんだったら早く田舎に戻してやった方がいいだろうね。だったらなおさら、お腹の子は流しちまわないと。てなし子を連れては田舎に戻れないだろ、これから婿をとろうって身なのに。流れもんの子を産んだなんて、なさぬ仲の継母に知られたら、それを理由に勘当しろって父親をたきつけないとも限らない。女の子でも勘当ができるのかどうか、お奉行さまが受けてくれるのかどうかは知らないけどね。勘当は大袈裟としても、若女将にはしてもらえないだろう。一生、ただ働きで旅籠の仕事をさせられて、子供はある程度大きくなったらどこぞに奉公に出されて、そのあげく、地元の年寄りの後添えにされて、好きでもない爺さんのしもの面倒をみたりしてさ、気づいたら自分も皺だらけ、そうまでして産んだ子は奉公先で所帯を持って顔を見に帰って来ることもない、なんてのが末路だよ」

おしげさんは、一気に言ってため息をひとつ吐いた。

「あたしゃ孕んだことがないからねえ、自分のお腹にややこがいる感じがどんなもんなのか、まるでわからない。それでも女だからさ、なんとなく、おちよが子を産みたいと思う気持ちはわかる気がする。なにしろややことは言え、いのちだからね。いのちが自分のお腹ん中にあるんだ、それを殺したいとは誰だって思わないよ。でも産んだら幸せになれない、おちよがそれをわかってるんなら、さっさと流して養生して、何事もなかった顔で田舎に戻って若女将になる、それしかないんだよ。政さんのたわごとは、もし耳にしても聞き流してやりな。あれは心の病なんだ、政さんはまだ、恋女房を亡くしたことから本当に立ち直ってはいないんだよ。あんたって弟子ができて、だいぶ変わったとは思うけどね、自分の命より大事なものを二つもいっぺんになくしちまった気持ちなんざ、とても他人にわかるもんじゃない。そっとしておくしかないのさ。もし政さんがまた、ややこを引き取りたいなんて言い出しても、間違ってもそれをおちよの耳に入れたらいけないよ。おちよが余計なこと考えてうっかり子供を産んだりしたら、辛い目に遭うのはおちよなんだからね」

「へい」

やすはうなずいた。心の中はもやもやとしたものでいっぱいで、素直に受け入れることはできない気がしたが、他にどうすることもできない、と思った。

やすは、少しの間、ちよのことを深く考えないようにして過ごすことにした。毎日ちよの部屋に行っておしゃべりの相手にはなるけれど、もうお腹の子のことは何も聞かない。何も話さない。ただ、ちよが機嫌よく過ごしてくれたらと、それだけを思った。

自分には他に考えなくてはいけないことがある。やすは自分で自分に言い聞かせた。料理をするんだ。献立を考えるんだ。何か工夫できることはないか、考えて考えて、あれこれ試す。それが自分の、今やるべきことだから。

日本橋のことも考えないと。そろそろ、頭の中で組み立てていた献立を試してみないとならない。

まずは、清兵衛さんによく噛んでいただけるようなもの。噛めば噛むほど美味しいもの。

それから、油で揚げていないのに、揚げたものと同じように美味しいもの。こくがあって、満足できるもの。

油で揚げないのに揚げたような美味しさのあるもの、については、何をどう試せばいいか、ほぼ頭の中で出来上がっていた。

天ぷらにしても竜田揚げにしても、油で揚げたものは油を切ってからお客の膳に載せる。それはつまり、揚げたままだと油っぽくて美味しくないからだ。それだけたくさんの油を吸ってしまうのだ。天ぷらならば衣が。竜田揚げでもまぶした粉が。素揚げにしても、揚げたものは油を吸っている。茄子や青唐辛子を素揚げにして、揚げたてを食べようとすれば、染み出した油で口の中を火傷する。

油の食べ過ぎはからだに良くない。お腹を壊したり吹き出物が出たりする。が、油で揚げたものは美味しい。山菜などあくの強いものでもえぐみがやわらぎ、野菜でも魚でも熱で旨味が増し、しかもそれが外に漏れ出ずに閉じ込められているので、口の中いっぱいに旨味が広がる。あの美味しさは、焼き物や煮物では味わえない。

要は、旨味が外に出ないような熱の加え方ができるかどうかだ。

野菜でも魚でも、焼くと汁が出る。それが焦げると焼き物ならではの香ばしさが出て美味しいのだが、どうしても旨味は外に出てしまう。良い炭をしっかりおこして、白くなったところでじっくりと焼けば、魚の身はふっくらと焼きあがる。が、それでも天ぷらのように、すべての旨味を閉じ込めることはできない。野菜もしかり。

煮物は煮汁を含ませるところが大事だ。煮ている間は、魚や野菜の旨味は外に出る一方だが、火を止めてから冷める間に煮汁が染み込んで、元より美味しい味になる。けれど出汁（だし）やら醤油（しょうゆ）やらの味が足されてしまうので、本当に良い魚や野菜があれば、煮物にするのはもったいないと思うものだ。そんな時は、やはり天ぷらにしたいと思う。

油で揚げるとなぜ、旨味が外に出ないのだろう。

おそらく、油がものすごく熱いので、とても短い間に火が通るからだ。旨味が外に出る暇がないのだろう。煮物よりは焼き物の方が熱くなるが、油で揚げるより熱く料理することはできない。

揚げ物のように油を吸わせないで、油のように熱くするやり方があるだろうか。

そこでやすは、油を減らしてみたらどうだろう、と考えた。

たくさんの油の中に入れるから、たくさん油を吸ってしまう。だったら、少しの油で熱を通すことができたら。

油鍋の底に少しだけ油を入れ、それで天ぷらにしてみたら？

だがそれは、すぐに失敗するとわかった。油鍋の底に少しだけ油を入れると、あっという間に熱くなり過ぎて煙が出てしまう。そこに衣をつけた野菜の切れ端を落としたところ、じゅっと音がして真っ黒になってしまった。では火を弱くしてみたら？

今度はうまくいきそうだった。が、油が少ないと揚げるものが鍋底についてしまい、そこから先に焦げていく。菜箸（さいばし）で転がしてまんべんなく色がつくようにしたところ、できあがったものは衣が硬くなり、中の野菜は熱が通り過ぎてくたっとしていた。しかも、いつもの天ぷらとあまり変わらないくらい、衣が油を吸っている。素揚げにしてみたら、さらに悪くなった。油っぽいのに熱の通りがまちまちで、生っぽいところが残っていた。だが時間をかけると焦げてしまう。

すべての仕事が終わり、通いの奉公人が帰り、住み込みの者も二階へとあがってから、やすは使い回した油と野菜くずを前に、あれやこれやと悪戦苦闘していた。

少ない油で料理をする、その考え方は間違っていない気がする。だが、たっぷりの油で揚げる天ぷらや素揚げと同じものを、少ない油で作ろうとするのは無理なのかもしれない。清兵衛さんが美味しいと思える料理であれば、天ぷらと同じ味でなくてもいいはずだ。清兵衛さんは天ぷらだけがお好きなのではなく、油を使った料理がお好きなのだから。

天ぷらよりも油を使わず、油を吸わない。

けれど、油の味がする料理。

油の味。油の味って、どんな味？

やすは人差し指を油にひたして、そっと舐（な）めてみた。

美味しくはない。むっとするような香りがある。味はない……ように思えたけれど、口の中に何かが広がった。

これは、風味。味ではないけれど、口の中で感じるものだ。

これを感じさせるように料理すればいい。どうやって？

やすの頭に閃（ひらめ）きがあった。

やすは、醤油を魚の切り身に塗って焼く時に使う、刷毛（はけ）を取り出した。

二　鍋がない

「なんだおやす。おまえ、寝なかったのかい」

「へえ。すんません」

やすはようやく洗い終えた鍋を元の棚に戻した。あれやこれやと試しているうちに朝になってしまい、慌てて片付けを始めたのだが、早出して来た政さんに見つかってしまった。

「おやす、了見違いをしてやしないか」

政さんは少し険しい顔で言った。

「お小夜さまのご亭主のために新しい料理を考えるのは、あくまでおまえの好きでしていることで、言ってみりゃ、遊びだ。そりゃ勉強にはなるだろうし、新しい料理が生まれるならそれを紅屋の献立に活(い)かせることもあるだろうが、おまえさんが紅屋からもらう給金の中にはへえってねえんだ。おやすが一番に考えないとならねえのは、もちろん、いつもの旅籠飯(はたごめし)をきちんと作ること。わかるな？」

「へ、へい」

やすは頭を下げた。

「料理人はいつも健やかじゃねえとならねえんだ。体のどこかが悪くなればそれは必ず舌に出る。正しい味がわからなくなる。ただうまいのまずいの、ってだけならそれでもいいが、正しい味がわからねえと、傷んでるものや毒のあるものを間違って膳に並べちまうことになるかもしれねえ。言うまでもねえが、ものを食うってことは、命にかかわることなんだ。食い物を料理して誰かに食べさせるってのは、その人の命を預かるってこと。だから体には充分に気をつけねえといけねえ。たったひと晩眠らないだけでも、舌は鈍る。それを取り戻すには何日もかかる。お小夜さまのご亭主に召し上がっていただく料理を作るのに夢中になって夜を明かして、それで微妙な味がわからなくなって紅屋の料理におかしなものを出したなんてことになったら、おやす、俺はおまえさんをここから叩(たた)き出す」

「すんません」

やすは深く頭を下げた。

「すんません、すんません」

「幸い、今朝はご出立されるお泊りのお客が三組、五人だけだ。五人分程度の朝餉(あさげ)なら俺一人で用意できる。おやす、おまえは今から上に上がって、少し寝て来い。そしてきちんと仕事のできる体になってから降りて来い」

「へい、でも」

「口ごたえするな。ちょっとでも寝れば頭がちゃんと働くようになるし鼻も舌も元に戻るが、寝ずにいちまったら絶対にしくじる。いいから早く上がれ。おまえの寝床は他の奉公人から見えないとこにあるから何も言われねえよ」

やすは、すごすごと屋根裏に上がり、階段のそばの自分の寝床に横になった。

上掛けに使っている古い着物を顔の上まで引っ張りあげると、涙が溢れた。

わたしは、浮かれていたんだ。

おちよちゃんのことを考えまいとしていたのは本当だ。けれどやっぱり、お小夜さまに会いに日本橋に行ける、その日が待ち遠しくて浮かれていた。

昨夜思いついた、あの料理。あれに夢中になって、何度か、もうおしまいにして寝ようと思った。でもやめられなかった。楽しくて。

心のどこかに、この料理を政さんに褒めて貰えるんじゃないか、という気持ちもあった。自分の思いつきに得意になっていた。

遊び、なのに。

わたしの仕事は、紅屋の料理をきちんと作り、間違いのないものをお客様に食べていただくことだった。他のことは、遊び、なのだ。

やすは声を押し殺して泣きながら、やがて眠りに落ちた。

自然に目が覚めた時、今はなんどきなのだろう、と思った。耳を澄ませば階下の物音が聞こえて来る。慌ただしく廊下を歩き回る女中の様子はない。すでにお客様たちは出立されてしまったのだろう。

客が出立すると、部屋番の女中たちは掃除にとりかかる。夕刻には新しい客が到着するので、それまでに客室はぴかぴかに磨きあげておかないと、女中頭のおしげさんが雷を落とす。お勝手は朝餉の膳が下げられて来ると洗い物と片付け、それに賄いも用意する。手の空いた奉公人から賄いの朝餉を食べに来る。使われた茶碗や皿はすぐに洗わないと間に合わない。

お勝手勤めの奉公人が朝餉を食べるのはその後だ。食べ終わって片付けが終わる頃には昼も近くなり、野菜や魚なども あらかた届く。紅屋の奉公人は昼餉を食べずに八つ時に餅や甘いものなどを食べることが多いが、男衆の中には昼餉を欲しがる者もいて、そうした者たちに冷や飯とめざしや漬物などを用意しながら、届いた野菜や魚の下ごしらえも進める。

よくよく耳を澄ませてみると、箒やハタキを使う音がかすかに聞こえて来た。まだ朝のうちだ。

やすは起き上がり、お勝手へ戻った。もう平蔵さんも姿を見せていた。おまきさんがやすに気づいた。

「起きたりして大丈夫なのかい。政さんが、ちょいと具合が悪そうだったので寝かせておくんだと言ってたけど」

「もう大丈夫です。すんませんでした」

「無理したらいけないよ。お江戸の方ではまたぞろ、疫病が流行りだしたって噂もあるようだし」

「若い女は血が薄いんだよ」

平蔵さんが言った。

「おまきさんだって若い頃は、めまいがすることもあっただろう?」

「あらおあいにくさま。あたしはまだ若いつもりでいるんですけどね。ま、何にしてもおやすちゃん、あんた普段から少し働き過ぎてるんだから、たまにはいいんだよ、怠けて一日寝てたって」

「本当にもう大丈夫です。あの、政さんは」

「若旦那に呼ばれて、奥に行ってる。多分小僧の件だな」

「こぞうさん？」

「勘平がもう戻って来ないって決まってから、政さんが、台所で使える小僧を一人入れてくれるように頼んでたんだ。水を汲んだり炭をおこしたり、薪を割ったりなんて仕事ができる、十(とお)くらいの子がいると便利だからな」

「勘ちゃんみたいに手間のかかる子はごめんだよ」

　おまきさんが苦笑いした。

「あの子は可愛かったけどねえ、可愛いだけに叱り飛ばしても暖簾(のれん)に腕押し、あの性格には参ったよ。もうちょっと普通に、怒られたらしゅんとなって反省するような子がいいね。それに算盤(そろばん)やら金平糖(こんぺいとう)やらに夢中にならないような子じゃないと」

「そうかな、俺は勘平みたいなのも面白(おもしれ)えなと思うんだが」

「いくら面白くたって、いきなり家出しちまったらどうにもならないよ。勘ちゃんは頭が良過ぎたんだよ。頭のいい子ってのは、たいがい、幼い頃はちょっと変わってるもんだからね。算盤なんか教えても覚えられないような子の方が、小僧さんには向いてるんだよ」

　やすは、少し嬉しかった。弟のように思っていた勘平がいなくなって寂しかったのだ。また年下の男の子がお勝手にいるようになれば、弟のように面倒をみてやれる。

「小僧さんはいつから来るんでしょう」

　思わずそう訊いてしまった。おまきさんが、あはは、と笑った。

「待ち遠しいかい、おやすちゃん。あんたは勘平がいなくなって、寂しい思いしただろうねえ。本物の弟みたいに可愛がってたもんね。まったく、勘平は悪い子だよ。おやすちゃんの思いを裏切ってまで出て行くなんて、どうしてできたんだろう。薄情な」

「勘の字は、こうと思うと他のことが目に入らなくなる、そういう性質(たち)だったんだよ。あとで、おやすには悪いことしたって、さぞかし後悔したろうさ。だからあいつは、おやすの為にも、懸命に勉強してえらくならなくっちゃ。立派になって、堂々と挨拶(あいさつ)に来てもらわねえとな」

　おまきさんは、やれやれ、という顔で言った。

「とにかく今度の小僧さんは、居眠りばっかりしてるような子じゃないといいけど」

「できるだけ早くよこしてくださいと番頭さんには頼んであるから、早ければこの月のうちにも来るだろうよ、おやす。初めは何もできねえだろうし、家が恋しくてめそめそするだろうが、おまえさんに預けるから、面倒見てやってくれ」

思わず返事に力が入って、またおまきさんに笑われた。

「へい！」

「おやす」

「へえ」

「少しはすっきりしたか」

「へえ。すみませんでした。もう決して、仕事をおろそかにするような真似はしません」

「おまえが寝ずに作っていた料理は、油を使う料理かい。綺麗に掃除はされているが、油の匂いがした」

「へえ。清兵衛さまは天ぷらのような揚げ物がお好きなんです。でも油を使った料理ばかり食べているのは、体に障ると思います」

「清兵衛さん、ってのはお小夜さまより一回り以上年上だってな」

「へい」

「まだ若いっちゃ若いが、油もんばかり食べるのは、確かに体によくねえな」

「でもお嫌いなものには箸をおつけにならないようで」

「金持ちは食いもんを選り好みするからな。だが油もんを控えさせようってのに、油を使った料理を作ったんじゃ意味がねえんじゃないかい」

「天ぷらや素揚げのように、油をたくさん使う料理は、油を吸ってしまいます。天ぷらは衣が油を吸いますし、お茄子の素揚げなどはお茄子が油を吸って、油をきるのが大変です。食べればその油も一緒に口に入ります」

「茄子なんかは油を吸わせた方が美味いからなあ。天ぷらも、揚げる時に油を減らすとうまく揚がらねえぜ?」

「へえ、なので、揚げる、というのは油を控えたい料理では使えないです」

「そりゃそうだが、揚げる以外にどんな方法がある?」

「それを探していました」

「ふん。で、見つかったのかい」

「へえ」

「ほう。自信ありげだな」

「たぶん」

政さんは笑った。

「なんだおやす、自信がありそうなのに、たぶん、だなんて。何が引っかかってるんだ」

「へえ……鍋がありません」

「なべ？」

「いろいろ試してみたんですが、どれもうまくいきませんでした」

「鍋が……おやす、おまえさんの考えた料理ってのを、見せてくれないか」

「へえ……」

「鍋はあるもんで作ってみろ。鍋のせいで出来が悪くてもそれは気にしなくていい」

やすは、まず、今朝片付けた七輪を取り出して炭をおこした。

それから芋を切る。

「芋が好物なのかい、清兵衛さんは」

「あ、いいえ。本当は烏賊や貝柱でと思ってます。今は試すだけなので」

油は、天ぷらを揚げた後の少し古くなった油を使う。それを刷毛にひたして、芋に塗った。

「ほう……油を芋に」

「他のやり方も試してみたんですが、うまくいかなくて」

やすは、魚を焼く網を七輪にのせた。その網の上に芋をおく。

やがて油の焦げる匂いがして来た。芋を皿にとる。

「できました」

政さんは目を丸くした。

「できたって……なんだこれは。芋に油を塗って焼いただけかい」

やすはため息をついた。

「本当は違うんです。作りたいのはこれじゃないんです」

「だったらその、作りたいのを作ったらいいじゃないか」

「ですから……鍋がないんです」

「どういうこったい。いやまあ、まずはこれを食べてみよう」

政さんは、焼けた芋を箸でつまんで頰張(ほおば)った。

「う、こりゃ！」

政さんは、あちち、と言いながら芋を呑み込んだ。

「こりゃ熱いな。ただ芋を炭火で焼いたんじゃ、ここまで熱くならねえ。そうか、油を塗るとこんなに熱くなるんだな。……ふうん、いや待て。ただ熱いだけじゃねえな。油の味がする。芋と油の味が混ざるな。なるほど……天ぷらみてえに衣がないからほくほくはしてねえが、確かに油の風味で芋の味が変わってる。ただの焼いた芋とは違うな。まあどっちが美味いと思うかは好き嫌いだろうが、これを烏賊や貝柱でやったと思ったら、これはちょっと面白い風味になりそうだ。だがやっぱり、このくらいじゃ、油もんが好きな清兵衛さんを満足させられるとは思えねえ」

「そうなんです。もっと油の味が活かせる料理にしないと。でもこうするしかないんです。最初は土鍋に少し油を入れてやってみようとしたんですが、土鍋の鍋肌に油が染み込んでしまうと、その鍋はもう使えなくなっちまいます。他の焼き物の鍋も同じです。なので、天ぷらに使う鉄鍋の底に油を少し引いて芋を焼いてみました。でも油が充分に熱くならないと美味しく焼けない。熱さが足りないと油が芋の中に染み込むばかりなんです。けど鉄鍋を充分に熱くしたら、油が引かれていない部分が熱くなり過ぎて煙が出ちまいました。天ぷら用の鉄鍋は深過ぎました。すぐに熱くなるなら金網しかない。魚を焼く網ならどうかと思ったんですが、網だと油が引けない。それで芋に塗って焼いてみたんです」

「なるほど。それで、鍋がないと」

「へえ。少しばかり油を引いて芋でもなんでも焼けるような、薄い鍋があれば、思ったような料理ができそうなんですが」

「薄い鍋、ねえ……しかし焼き物では駄目なんだな？」

「焼き物は鍋肌に油が染み込みます。そのうちに割れちまうと思います」

「鉄鍋で、浅いやつか」

「へえ。油は少し引ければいいんです。揚げるのとは違って少しの油で料理するから、油を食べ過ぎずにすみます。でも油の味はしっかりつきます」

「玉子焼きを作る銅鍋はどうだい」

「うちの銅鍋は、試しませんでした」

「なんで」

「あの玉子焼き器は政さんが大切にしてます。玉子だけを焼くのに使ってます。芋を焼いたら芋の匂いがつきます」

「まあそれはそうだが……油を引いて何かを焼くなら、あの銅鍋が一番良さそうだな」

「へえ……」

「その料理だが、味付けはなんだ。塩かい。味噌かい」

「醬油がいいように思うんです」

「醬油か」

「醬油は油と案外相性がいいように思います。天ぷらのつゆも醬油と味醂(みりん)で作ります。

衣に染み込んだ油の風味が醤油のつゆに合います」

「しかし天ぷらは抹茶塩でもいいぞ。塩では駄目なのかい」

「塩でも悪くはないと思います。けど、油にはくどさがあります。天ぷらは衣がそのくどさを和らげているので、油の味をそのまま感じはしません。でも油で焼く方法だと、油の味がそのまま口に入ります。塩よりも醤油の方が、そのくどさを消してくれるように思うんです」

「しかしおまえさん、そういう味のものを食べたことないだろう？」

「へえ、けど、むら咲の阿漕豆腐を食べました。わざわざ豆腐を煮てから揚げて、それから焼いてありました。なんでそんな面倒なことをするのかと思いましたが、あれは、油の味を足してこくを出したんだと思いました。油の味があると、なんて言うか……丸くなって……深くなる。味が大きくなる感じがします。揚げ出し豆腐や、獅子唐やお茄子の素揚げに出汁をかけるのもみんなそうです。豆腐も茄子も油がなければ、さっぱりとしています。でも茄子はあくがあります。どんなにあくを抜いても、茄子の味にはどこかに少し、尖ったものがあります」

「うん、まあそれが茄子の旨さでもあるな」

「豆腐のように味がおとなしいものも油を使うと味が深くなり、茄子のようにあくや癖があるものは油を使うと丸くなります。そしてそれらはみんな、醬油と合います。浅い鍋に少しの油を引いて、熱くした鍋で烏賊やら貝柱やらを焼いて、それに少し醬油を垂らして味付けしたら、清兵衛さまに気に入っていただける料理になりそうだと思うんです。しかも……お小夜さまでも作れます」

ははは、と政さんは笑った。

「なるほど、そいつは大事なことだ。天ぷらは大店と言えども薬問屋のお勝手では作れないし、油をたくさん使う料理なんざ、包丁を握ったこともねえお嬢さまにやらせられねえ。お小夜さまでも作れる、ってとこが肝心だな。味付けも醬油を垂らすだけなら簡単だ」

それから政さんは真顔になった。

「しかし醬油を使うとなると、確かに玉子焼き器を試しに使うってわけには行かねえなあ。おまえさん、その料理方法は頭ん中で思いついたのかい」

「へえ」

「ふうん」

政さんは腕組みした。

「実はな、俺は旦那さまと上方に旅した時に、そういう料理方法じゃねえかな、ってもんを食ってるんだ」

「上方の料理にあるんですか！」

「いや、上方の料理じゃねえ。その店は看板を出してねえ、金持ちや食い道楽相手の料理屋でな、長崎の料理を出す店だった。長崎の料理、というのもたてまえで、本当は清（しん）の料理を出してたんだが」

「しん？」

「大陸だよ。清国の料理だ。当然、材料にはご禁制のもんも使われてたが、まあそれは見なかったことにして、客はみんな知ってて知らねえふり、さね。その出された料理の中に、どうも油を使ってるな、ってのが何品もあったんだが、揚げもんでもねえし、これはもしかして、油を熱して焼いてるんじゃねえかなと思った。ほら、きんぴらを作る時、胡麻（ごま）の油を少し鍋に入れてから牛蒡（ごぼう）を入れるだろう。あれは胡麻の油の香りを牛蒡につけるのと一緒に、熱した油で牛蒡を生でねえ状態にしちまって、ゆがく手間を省いちまうて了見だが、清国の料理だって出された魚や貝も、そうやって油で熱を通しているなと思った。旦那さまの話だと、南蛮やえげれすの料理には、獣の肉を油で焼いたり、魚の切り身に片栗粉（かたくりこ）だかなんだかまぶして、油で焼くもんがあるらしい。で、な、そうした料理を作る為の鉄鍋があるんだそうだ」

「やっぱり、あるんですね！」

「うん。だがどこに行けばそんなもんが手に入るのかわからねえ。長崎に行けば、売ってるのかもしれねえが、まさか長崎まで鍋買いにゃ行けねえし、行けたとしても俺らの持ち金で手に入るようなもんじゃないだろうなあ」

やすはがっかりした。鉄鍋がなくては、思った通りの料理にならない。

「まあ、そうがっかりしなさんな。それで思い出したんだが、山鯨を出す店が大山にある。そこでは、畑仕事に使う鋤を焼いて、その上に山鯨の肉をのっけて出すって話だ」

「や、山鯨って、い、猪では」

「そうだ、ももんじだよ」

「獣の肉は嫌です。食べたくありません。堪忍してください」

「あはは、何も食わなくていいんだ。だが、鋤を熱く焼いて、その上に猪の肉をのっけて焼くってのは、どうだい、使えそうじゃねえか？　山鯨はあぶらがごってり肉についてるから、熱した鉄の上に置いただけでも勝手にあぶらまみれになるんだろうが、それを拝借して鋤の上に油を少し引いてやれば、おまえさんが考えたような料理も作れそうだろう？」

「鋤で料理をするんですか」

「畑の鋤を洗って使おうってんじゃねえんだ、新しいのを一本買って、柄のとこを短く切ったらどうだい。柄のとこは木でできてるから、鉄のとこを火で熱しても熱くならねえよ。火傷しないで料理できるじゃねえか」

政さんはニヤッと笑った。

「なんて顔してんだ、おやす。何か気に入らねえかい」

「……へ、へえ……十草屋の旦那様に、鋤で料理したもんなんかお出ししていいものかと」

「できた料理を皿に盛っちまえばわかりゃしねえよ」

「そうですけど……」

あはははは、と政さんが大笑いした。やすは驚いて政さんを見ていた。

「心配するな、冗談だよ、冗談。昔っから、山鯨は鋤で焼いて食ったって話があるんだ。けものを食うのは人のすることじゃねえ、仏の道に反することだって世間様は思ってるからな、昔は猪を仕留めてもそれをおおっぴらには食えないんで、山で鋤にのっけて焼いて、こっそり食ったって話だよ。山鯨、なんて呼んだのも、けものを食ってるんじゃありませんよ、って言い訳だなあ。大山のももんじ屋は、その話をなぞって、わざと鋤で焼いて出してるんだろう。ご時世が変わって、今じゃお江戸ではももんじが大人気だし、えげれすもめりけんも獣の肉が好物だっていうんだから、そのうちには俺もおやすも、ももんじの料理をおぼえないとならなくなるかもな」

「……獣の肉は食べたくないです。料理もできません。料理をするにはしめないと……魚なら捌けても、けものは無理です」

「噂の又聞きだが、南蛮人の話だと、あちらには、獣をしめて捌いて、肉にして売ってくれる店があるんだそうだ。料理人が捌く必要はねえらしいよ」

「でも……」

「まあいい、無理はすることたねえよ。けものの肉が食えなくたって、江戸前の魚があれば出すもんに困るこたねえからな。けど、鋤ってのはなかなかいい考えだ。要するに、鉄でできてて、底が平らで深さのない鍋、そういうのがあればいいわけだ。鋳物屋に知り合いがいるから、そういうのを作れねえか頼んでみよう」

「本当ですか！　ありがたいです」

「ああ、だが次に日本橋に行くまでにできるかどうかわからねえよ。できなかった時は、真面目に新しい鋤を買って来て作るしかねえな。いや待て、そうだ、俺はこれからちょいと百足屋まで行って来よう。あそこの台所になら、うちにあるのよりも浅い鉄鍋があるかもしれん」

政さんは、前掛けを外した。

「夕餉には、今朝魚屋が持って来た鰈を煮付ける。俺が帰って来るまでに下ごしらえを済ませて、それと昆布出汁をとっておきな。味は俺が決めるから、ただ昆布をひいておけばいい。わかってるな、魚の煮付けに使う昆布出汁は」

「ごくごく薄く、余計な匂いや味が出ないようにひきます」

「そうだ。魚自体に旨味がたっぷり詰まってるんだから、出汁は出しゃばらねえようにするんだ」

「へい。行ってらっしゃいませ」

政さんは夕餉のしたくが本格的に始まっても戻って来なかった。だが平蔵さんも別に心配する様子はない。

「百足屋の料理人頭とは旧知の仲だからな、料理談義にでも花を咲かせてるんだろ」

平蔵さんはにやにやしている。

やすは、まただ、と思った。この頃、政さんはなんだかんだと言っては夕餉の支度の最中に何処かへ出かけてしまう。それが、やすを鍛える為だ、ということはやすにもわかっていた。政さんの細かい指示がなくてどこまでやれるか、試されているのだ。平蔵さんも心得ていて、やすが本当に途方に暮れた時には助け舟を出してくれた。

　鰈の煮付けを始める時になってもまだ政さんは戻って来ず、醤油と味醂の壺を前にしてやすは躊躇っていた。魚の煮付けは、一度味を入れてしまうと取り返しがつかない。味醂も醤油も、一回で決めなくてはならないのだ。やすは平蔵さんの顔を見たが、平蔵さんは知らぬふりで、昆布を拭いている。昆布は高価なものなので、使い残した分は綺麗に拭いて、もう一度乾かしてからしまう。が、今それをしなくてもいいのに、と、やすは恨めしく思う。

「やっぱり、自信がありません」

　やすはねをあげた。

「平蔵さん、味つけお願いします」

「前にもやったじゃないか。あの時はちょうどいい加減だったぜ」

「あの時は横に政さんがいました。政さんの眉毛を見ていれば、加減がわかりました」

「眉毛？」

「へえ。醤油をおたまに注ぐ時、そこだ、というところで政さんの眉毛が動くんです。

いつもそうなんです」

　平蔵さんは大笑いした。

「あはは、なんだおやす、舌で覚えたんじゃなくて、眉毛で決めてたのかい。それを政さんに教えちまったら、あの人は眉毛を剃り落としちまうかもしれねえな」

「眉毛がないとご新造さんのようになります」

　平蔵さんはまたお腹を抱えて笑った。

「しょうがねえな。魚何匹で鍋にどのくらい出汁を入れたら、醤油がおたまに何杯、味醂がどのくらい、ってのは、その都度覚えないとだめだ。お勝手の鍋はいつも同じなんだから、何度もやってりゃ自然とわかる。だが鍋が変わっちまったら、出汁の量が目分量ではわからなくなるから、本当は最初に、出汁の量がどのくらいなら醤油どんだけ、味醂どんだけ、と覚えておくほうがいい。けどそんな風に魚を入れちまったあとじゃそれもできねえな。最後の手は、醤油の色で決める。味醂の量は醤油の量に対してどのくらい、と覚えておけばいい。煮魚なら、政さんの味付けだと、味醂と醤油の量は同じだ。酒も同じだけ入れる。政さんは魚を甘くし過ぎるのを嫌うから、砂糖は使わない」

「お砂糖を使うやり方もあるんですか」

「あるよ。どっちかってえと、お代の高い店ほど料理を甘くこしらえる。砂糖は高いから、それをけちってねえってのを客にわからせる為だろうな。けど政さんはそういうのを嫌う。甘くすると、魚の身の味がわからなくなるって言ってたな。俺もそう思う。煮付けは濃すぎず甘すぎず、魚の身の味を出した方が美味いと思う。あんたはもう何度も何度も、魚の煮付けを作って来ただろ。政さんが味を決めた時の出汁の色、匂いを思い出してごらん。あんたの鼻ならそれをおぼえているはずだ」

やすは、もう一度鍋に向かい合った。

あまりのんびりしてはいられない。これ以上待つと魚が煮えてしまう。火が通ってしまった魚には味が染み込まない。

やすはおたまに醤油をとった。一所懸命、以前に作った時のことを思い出す。政さんの眉毛は、どこで動いた？

ここだ。おたまの中の醤油の量。

まずはそれを味噌汁椀にとり分けた。先に味醂だ。同じ量の味醂をおたまにとる。魚の鍋に味醂をまわし入れ、ひと息待ってから酒を同じ量入れる。酒の匂いがつんと鼻に来た。その匂いが弱くなってから、最後に醤油。

醤油と味醂が出汁とあわさって、喉が鳴るようないい匂いを放った。それを鼻で吸いながら、意識を集中させた。

大丈夫だ。この匂いだ。

鍋を睨みつけた。魚は火が通り過ぎると身がかたくなる。けれど生っぽくては気持ちが悪い。

「よし」

横で見ていた平蔵さんが言った。

「いい色だ」

平蔵さんが、おたまで煮汁を少しすくい、小皿にとって舐めた。

「うん。これでいい。できたじゃないか、おやす」

やすは、鍋を火からおろした。火から遠ざけても鍋の中の汁はしばらくの間熱い。その熱で魚はさらに煮える。その分も考えておく。

膳にはすでに、酢の物、香の物が並んでいる。木椀に椀だねの鰯のつみれも入れられていた。鰯のつみれは平蔵さんの得意料理だ。

椀物の汁は最後に張る。鰯のくせを和らげる、おろした生姜と白髪ねぎも盛る。それらは客に出す寸前にしなくては。その前に魚の仕上げだ。

煮汁を別鍋に取りわけて、下ゆでしてあった牛蒡を入れた。そこに醬油と味醂を足す。魚よりも牛蒡の方を濃い味付けにする。煮詰めて牛蒡にしっかり味を染ませる。残った煮汁には、片栗粉を水溶きしたものを少しだけ流す。この加減がまた難しい。舌がわずかにとろみを感じるくらいが、政さんの流儀だ。軽く煮立ててとろみを出す。

「そろそろ、お膳、出ますよー」

部屋付きの女中が威勢よく言う。やすはとろみのついた汁を煮魚にかけ、平蔵さんは椀に汁を張った。

その時になってやっと政さんが戻って来て、客に膳を出す寸前に、鍋の煮汁を舐めてから、皿を覗きこんだ。

「ちょっと政さん、やり直しなんて言わないでおくれよ。お客さんはもう腹が減って死にそうなんだからね」

女中さんに言われて、政さんはにやっとした。

「さあさ、持ってけ。今夜も紅屋の夕食は上出来だ」

やすはほっとして、その場にへたりこみそうになった。

「政さん、百足屋さんから帰って来ないんで、心配しましたよ」

「俺の心配じゃねえだろう、おまえさん自身のことが心配だったんだろうが」

「へえ、その通りです。煮付けの味をしくじったら、政さんが戻る前に勘ちゃんみたいに家出しようかと思ってました」

やすは少しふくれて見せた。

「なぁに、しくじったら平蔵がなんとかしてくれるよ」

「魚の煮付けの味は、一回で決めないと、あとからは味が入りません。お芋みたいに煮崩れるまで煮返すこともできないです」

「確かにそうだが、それでもしくじっちまったら、なんとか食べられる味にするやり方はあるもんだ。俺も平蔵も、煮付けの味をしくじったことなんざ、何度もあるさ」

やすは平蔵さんを見た。平蔵さんは涼しい顔をしている。しくじってもやり直せることを知っていたのに教えてくれないなんて。

でも、それが平蔵さんなりの「教える」ということなんだ、とやすは思った。逃げ道があると知っていたら、その逃げ道に頼ってしまい、思い切って自分の鼻を信じてみることができなかったかもしれない。

「こういう機会だから教えとこう。魚の煮付けは、長く煮ると身がかたくなるから、味をつけたら煮立てておしまい、くらいでいい。特に鰈のような平べったい魚は煮過ぎないことが肝心だ。それだけに、一度味をつけちまったらやり直しができねえ。とにかく味を入れたら頃合いで火を止めて、味見をする。その時に、こりゃしくじったと思ったら、煮汁を別鍋に取り分けて、牛蒡を煮たようにして汁に味を足すんだ。もし元の味が薄すぎたら、煮汁に醬油を足して濃く仕上げる。元の味が濃すぎたら、煮汁を出汁で割って、ごく薄い味に仕立てる。とろみをつけるのはどちらも一緒だが、元の味をしくじってたらとろみをほんの少し強くするんだ。食べる時に、箸が挟んだ魚の身に、煮汁のあんが多く絡むように。元の身の味が薄くても、濃いあんと食べれば気にならない。元の身の味がしょっぱくても、薄いあんと食べればしょっぱさが薄まって感じられる。もちろん、舌の肥えたお客ならそんなごまかしはお見通し、やれやれ紅屋の料理人でもしくじることはあるんだねえ、と、笑われちまうだろう。だがしくじったからって夕餉はおかずなしでございます、てなわけには行かないんだ。高い金をとる料理屋ならもう一度作り直しもできるだろうが、うちのような旅籠では魚を余計に仕入れるなんてこともできねえからな。やっちまったことはやっちまったこと、それでも精一杯、食べられる味にしてお出しする、それも料理人の仕事なんだよ」

「へい」

「毎度毎度、非の打ちどころのない料理を作り続けることなんざ、どんな料理人にだってできやしねえ。平蔵だって俺だって、調子の悪い時もあるし、なぜかうまくできねえ日ってのもある。この先、この台所をおやすが仕切るようになったとしても、おやすにだってそういう日はあるはずだ。そんな時、こんなんじゃ客に出せねえ、って投げ出しちまったら、お客はどうなる？　さっきおまえさん、勘平のように家出するなんて言ってたが、料理人が出てっちまったら、長旅をしてくたくたに疲れ、腹をすかせたお客さんたちはどうなると思う？　近所の屋台や煮売屋から買ってきた惣菜を並べただけのお膳を出されて、どんな気持ちになる？　魚の煮付けの味が少々、いつもより出来が悪くたって、酢の物は上出来、つくねは最上、銀シャリは夕餉なのにあったかい、香の物までうまい、そんな膳ならお客さんはそこそこ満足してくれるだろうし、腹一杯食べて、ああここに泊まってよかったな、と思ってくれるだろう。どんな時でもできるだけのことをして、少々しくじったくらいで投げ出さない、いい料理人ってのは、そういう根気と覚悟を持ってるもんなんだ。その上で、舌の肥えた客に笑われるのも、大事な仕事のうちってこった」

「おやす、すまなかったな。けど、しくじれねえって思った方が、きっぱりと味が決められると思ったんだ」

平蔵さんが言った。

「あんたの鼻と舌はとびきりの上物だ。けど、あんたの心はまだ弱いと俺は思う。料理人ってのは、細やかであるのと同じくらい、ずぶとくないといけねえもんだよ。何しろ他人様の口に入るもんを作るんだ、それが毒なら命だって奪っちまうことができるんだ。お侍のように刀は持ってねえけど、包丁ならいつでも手元にあるんだ。なかなか物騒な仕事だよ」

平蔵さんの言葉に、政さんは笑った。

「確かにその通りだ。俺たちはいつも包丁を握って、他人様の口に入るもんをこしらえてる。他人様の命をお預かりしてるようなもんだな。いい加減なことはできねえが、びくびくし過ぎて逃げ腰でもつとまらねえ仕事だ。もちろんだが、おやす、しくじった時にごまかすことをはなから考えてちゃ、必ずしくじるようになる。いつだって、後がないって気持ちで取り組むんだ」

「へい」

「その上で、しくじってもなんとかする、自分一人でできなくたって、平蔵や俺がいる、そのことは頭の片隅に置いておけ。俺たちは仲間で、紅屋の料理は俺たちみんなで作って出す。おまきやおさきもその仲間だ。新しく来る小僧だってそうだ。一人で何もかもやろうとするのは傲慢だ。それを忘れないでおいてくれ」

やすは深く、うなずいた。

夕餉の片付けがあらかた終わり、おまきさんもおさきさんも、平蔵さんも長屋へ帰って行った。

洗い終えた椀や皿を布巾で拭いていた時、ようやく政さんが、読売屋のわら半紙にくるんだものを台の上に置いた。

「うちでは使わねえが、これが焙烙だ」

それは、やすが期待したような鉄製の鍋ではなく、陶器で出来ていた。だが厚みがあってずっしりと重たい。深さはあまりなくて平べったく、両側に持ち手となる耳がついている。

「百足屋では、これに海老だの芋だののせて蒸し焼きにする、焙烙蒸しって料理を出してる。このまま七輪にのせて炭火で炙って使える、陶器にしては丈夫な鍋だ。だがこの鍋は蒸し物だけでなく、豆なんかを炒ることもできる。こいつなら油を入れて火にかけても、鍋が割れちまうことはないだろう」

「へえ……けど、鉄鍋のようには熱くなりませんね」

「そうだなあ……まあ一度試してみよう。それとこいつだ。こいつは見たことがあるだろう」

包みから取り出されたのは、真四角な形の銅鍋だった。

「これは……玉子焼きの」

「そうだ、厚焼き玉子を作る鍋だ。うちでは作らねえ、砂糖をたっぷり入れた甘い分厚い卵焼きをこれで作る。うちにある玉子焼き器の倍は大きいな。こいつは焦げがついちまって取れねえから、賄い用にしか使ってねえそうだ。好きに使ってくれ、返さなくていいって言ってもらえた。焙烙も、真っ黒に焦げてるやつだからもう客には出せねえし、割っちまってもいいってさ。百足屋は相変わらず豪儀だな」

「……申し訳ないです。わたしの遊びのために……」

「喜八はおやすの料理に惚れてるんだ。おまえさんが考えた天ぷらの出汁漬け飯、今では百足屋の名物になっちまってる」

「わたしの考えたものより、あれから喜八さんがいろいろ工夫されて、今のものはずっと美味しいと思います」

「料理でもなんでも、何もないとこから最初の一つを考え出すのがいちばん大変なんだよ。初めの一つがあれば、それを元にして少しずつ良くしていくのは、最初の一つを考え出すより容易いんだ。喜八は、おやすにはその、何もないとこから初めの一つを考え出す力がある、ってぞっこんだ。今度もおやすが鍋を探してるって言ったら、百足屋の台所にある鍋ならどれでも好きなのを持ってけって大騒ぎだよ。おやす、おまえの考えてる料理がうまいこと出来たら、喜八にも食べさせてやってくれ」

「もちろんです」

百足屋の料理人頭、喜八さんは、政さんとは江戸の料亭で修業していた頃からの友人だった。

百足屋の料理は紅屋のそれとは違い、旅籠料理というよりは宴会料理に近い。百足屋にも一人二人旅のお客さんが逗留されることはあるが、ほとんどは大勢様での豪遊旅、品川で遊ぶのが目的で大金を使われるお大尽さまばかりだ。だがもちろん、脇本陣の名に恥じないよう、品のある、味の良い宴会料理を出すのが喜八さんの矜持。決して、見た目ばかり豪華だが味の方はさっぱり、というような、遊郭によくある類いの料理ではない。

一度に五十名、百名といった大勢の人に出す料理を毎日作り続けるというのは、それだけでも大変なことだ。もちろん料理人の数も紅屋とは比較にならないほど多いが、それらの料理人を束ねて指図して、思ったような料理を作らせるには、料理人頭の人柄や度量が大事になる。政さんは、喜八さんには自分にはない、そうした度量があるのだ、と褒めていた。

　やすは、使い込まれて少し焦げ跡の残った、古い銅鍋を手に取った。そこには百足屋の料理人たちの思いが込められているように感じた。

「これなら、できると思います」

「そうかい。ならさっそく、今夜やってみよう」

「でも政さん、今朝も早かったのに。もう長屋に帰って休まれた方が」

「おやすがここであれこれやってると知ってて、寝てなんかいられるか。長屋に帰って布団に横になったって、気になって寝付けやしねえよ。何度も言ってるが、俺は長屋に帰ったって誰か待っててくれる身じゃねえんだ。さ、おやす、鍋を片付けて掃除を済ましちまいな。俺は包丁を研いでるから。掃除が終わったら始めるぞ」

三　新しい味

　政(まさ)さんは長屋に戻らず、奉公人が賄いを食べる部屋に布団を敷いて横になった。すでに丑(うし)三つも過ぎて、ひと眠りする間もなく一番鶏(どり)が鳴くだろう。

付けなかった。

やすはひとまず階段の上の自分の寝床に潜ったが、気持ちがたかぶってなかなか寝

焙烙鍋よりも銅鍋の方がうまくいったが、それでもやすが考えている料理にはもう一つ届かなかった。政さんも、やすが頭に思い描いている料理をわかってくれているらしく、銅鍋よりもやはり鉄鍋が良さそうだと言い、鋳物職人の知り合いに頼んで作ってもらうことになった。が、それでは次に日本橋に行く日には間に合わないかもしれない。

ひとまず銅鍋で代用することにして、明日からは芋ではなく、実際に清兵衛さんに食べて貰えるような素材でやってみることになった。やすは、使った魚や野菜のお代を帳面につけてもらい、給金から払うと約束した。

政さんも真剣になっていた。やすが考えた、油を使っているのに油をたくさん食べずに済む料理、を、政さんは何か、新しい紅屋の名物料理にできそうだと考えているようだった。

やっぱり、政さんに頼ることになってしまった。やすは薄いかい巻きを頭の上まで引っ張りあげて、ため息をついた。政さんがついていてくれれば大丈夫、という気持ちと、いつまでも政さんなしでは何もできない悔しさとで、なんとも難しい心持ちな

のだ。

気持ちが鎮まるにつれて、ちよのことを考え始めた。

ちよが中条流にいくのは、もう明日か明後日か、すぐのことだ。ちよが数日仕事を休むと番頭さんかおしげさんが言ったら、その日が運命の日。

想像すると怖くなった。自分の下腹あたりを掌でさすってみる。この中に赤子がいるって、どんな感じがするのだろう。

睡魔に負けて瞼が重くなっても、やすの頭の中では、不安げに微笑んでいるちよの顔が揺れていた。


「あれ、進之介さま！」

お客たちが無事に出立し、朝餉の椀や皿を洗い終えてひと息ついたちょうどその時に、裏庭にひょっこりと薩摩藩士の進之介さまが現れた。

「お久しぶりですね。またどこぞにお出かけだったのですか。たいそう日に灼けて」

「あはは、黒いですか、私の顔」

「へえ、秋のお茄子のように」

「それはひどい。私の顔はなすびですか」

「いえいえ、とんでもない。お顔立ちは朝顔のようでございます。けれどお色がちとお黒い」

「朝顔だったりなすびだったり、私の顔はいろいろに見えるのですねえ。それにしてもおやすさん、なんだか少し、雰囲気が変わられましたね」

「へ、雰囲気、でございますか？」

「ええ。なんだかこう……以前よりも、くっきりとしたというか、凜とした(りん)というか」

「それは年増(としま)になったということでございます」

「年増だなんて。まだ十六かそこらでしょうに」

「へえ。けれど奉公している女はばけるのが早いと申しますから」

「とんでもない。おやすさん、あなたは見るたびに美しくなられてますよ」

「それは進之介さまのお目がどうかされているのでございます。やすは不器量でございます。自分で承知しております。それより、お泊りにしてはお早いお着きでございますね」

「いやいや、これから薩摩藩の上屋敷まで参ります。今夜は上屋敷に泊まります」

「しばらくお江戸にご滞在でいらっしゃいますか」

「そうですね、どうなるかな。そうそう、ついでなので明日あたり、日本橋にお小夜さんの顔でも見に参ろうかと思っているのですが、何かことづけるものがあればお預かりしますよ」

「日本橋にはもう数日したら参ります」

「十草屋さんにですか」

「へえ。お小夜さまにお料理をお教えしに参ります。百足屋の旦那さまから頼まれました」

「ああ、それはいい。あの人は料理なんてできないでしょうから。もっとも十草屋には女中さんがたくさんいて、何もかもやってくれるのでしょうが」

「お小夜さまは、少し退屈なされているようなのです。百足屋の旦那さまがそれを心配されて、わたしに、お小夜さまを慰めてさしあげろということだと思います」

「あのお転婆おひいさまのことだから、大店の奥様は退屈かもしれませんねえ。もっと薬種問屋の内情に通じれば、奥様の仕事もたくさんあるとは思いますが、今はまだ、お飾りにされているやもしれません。後添えということで、古狸の女中さんから意地悪をされたりもしているのかも」

「……やはり、そういうこともあるのですね」

「あ、いやいや、世間にはそうしたこともある、というだけのことですよ。でも大丈夫、あの方は見た目と違い、芯の強い人だ。お女中のいじめなんかには負けないでしょう」

まあ確かに。でもあのお小夜さまが、誰かに意地悪されているなんて考えただけで、胸が痛くなる。そんな意地悪をする女中さんなんか、わたしがやっつけてやる、と思う。

「薬種問屋さんというのは、大変なご商売なんでしょうね」

「そうですね、儲けようと思えば相当に儲かると聞いたこともあるが、これからは段々と難しいことも多くなるでしょう。蘭方医学が浸透するのに連れて、蘭方で使う薬も扱わなくてはならない。それに江戸のように人の多いところでは、流行り病もあります。一つの病が流行ればそれに効く薬がたくさん必要になる。だが普段から一つの薬ばかり仕入れて保管しておくわけにもいかない。その年にどんな薬がたくさん必要になるか、仕入れの難しいところでしょう」

「怖い病が流行ることが、またあるんでしょうか」

「おやすさんは文政のコロリの話を聞いたことはありますか」

「コロリ、という、とても怖い病があることは聞いています」

「私も生まれる前の話ですが、それまでなかった病が流行って、長崎や大坂、江戸も大変な騒ぎになったそうですよ。何しろかかったら最後、どんな薬も効かずに苦しんだ挙句、数日でコロリと死んでしまうという病気ですから。またそんなものが流行ったりしたら、昨年の地震で受けた被害もまだ癒えていないのに、大変なことになります」

やすは身震いした。

「せっかく改元したのに大地震はあったし、黒船以来異国の船が何度も江戸沖に現れたり、この上に流行り病などはごめんこうむりたいところですが、病だけはどうにも、人がどうこうできるものではありませんからね」

進之介さまは、頭を軽く振った。

「まあなんにしても、悪いことがこれ以上起こらないように神仏に祈るしかありません。ところでおやすさん、ちょっと小耳に挟んだのですが、紅屋にいた小僧さんが、芝の健心塾に入られたとのことですが」

「へえ、でも塾生ではなくて、下男です」

「下男？」

「下働きです。薪割りやら掃除やら」

「そうしたことは塾生がするのではないのですか」

「さあ、わたしにはわかりません。塾というところがどんなところかも知りませんから。でも勘ちゃんは、あ、その小僧というのは勘平という子です、その勘ちゃんは、算盤が得意だったり暗算もできたり、とても頭のいい子なんです。それで、旅籠の台所で料理人の修業をするよりも、学問をさせた方がいいってことになって。ただ、ここを勝手に飛び出して金平糖職人にくっついて行ってしまったような変わったところもある子で、奉公先に不義理をした以上は、一から出直させないとってことで、下働きとして塾に入ったと聞いてます」

「なるほど。それでは、勉学もするんですね」

「へえ、仕事のあと、学問もするようです」

「芝の健心塾の噂はわたしも耳にしています。松代藩に佐久間修理という人がいるんですが、大変な天才だと言う者もあれば、どうしようもない男だという酷評もある。しかし清国の情勢にも詳しく、語学の才もあって和蘭語も達者、外国の戦術や武器にも詳しく、砲術の……」

進之介さまは、やすが目をぱちくりしながら困った顔でいるのを見て、顔を赤らめた。

「ああ、これは申し訳ない。おやすさんには興味のない話ですね」

「い、いいえ、そうでなくて……その、言葉が難しくて……ほ、砲術というのは」

「大筒の作り方や使い方のことですが、いやそんなことはどうでもいいですね、つまりその、佐久間修理、佐久間象山とも名乗っているのですが、その人が以前、江戸に五月塾というのを開いていたのです。健心塾は、その五月塾で学んだ方が開いた塾のはずです」

「その、佐久間という方は、松代にお戻りになられたのですか」

「ええ、実はその……お弟子さんの一人が幕府の許しを得ずに黒船に乗り込もうとされて……それでですね、幕府から蟄居を命ぜられて松代に帰られました」

「まあ……」

「お弟子がそんなことをするくらいなんで、なんというか、なかなか派手な人たちです」

進之介さまは、困ったように笑った。

「だが、気概はあるのでしょう。新しいもの、新しい時代に立ち向かう気概です。わたしがお仕えしている斉彬様という方も、気概があるお方です」

「でも、蟄居を命ぜられたということは……健心塾もお上に睨まれているのかしら」

「いや、それは大丈夫です。五月塾には幕府の要人となられた方も学んでいたようです。ただ、ここの小僧さんが健心塾に入られたと耳にしたので、奉公に来た町人の子を、塾に入れて学問をさせるなどとは、紅屋というのは随分進んでいるのだなあ、と思ったものですから」

「そうでしたか。ところで進之介さま、お茶を召し上がりませんか」

「あ、お仕事中にそんなお気遣いは」

「少しお待ちください。あの、あちらの方に座るのに手頃な石がございます。松林が見渡せて気持ちのいいところですので、よろしければそちらで」

やすは慌てて湯を沸かし、いつもは奥の方々や来客にしかお持ちしない煎茶を茶筒から取り出した。

平蔵さんが昨日の八つ時に、手なぐさみに焼いた煎餅も小皿にのせた。

「お待たせいたしました」

「ああ、本当にお気遣いすみません。なるほど、ここからだと松林が見えて、なかなかいいですね。波の音も聞こえる」

進之介は茶をすすり、煎餅をかじった。

「おや、これは美味い。どこで買われたのですか」

「それはうちの料理人の平蔵さんが、昨日のお八つに焼いてくれたんです」

「なんと、旅籠の料理人は煎餅まで焼くのですか」

「平蔵さんは、神奈川宿のすずめ屋さんという旅籠で働いていらしたんですが、すずめ屋も紅屋同様に、味自慢の宿なのだそうです。お客さまがお部屋におあがりになった時に、宿手作りのお菓子をお持ちするのも自慢の一つとかで、餅菓子やら羊羹やら、いろいろ作るとのことで」

「なるほどなあ。旅籠というのもいろいろなのですね」

「この頃は旅をされる方々も、旅籠にいろいろな楽しみをお求めになります。でも平旅籠は女の人を置いていないので、自慢にできるものと言えばお風呂とご飯。品川も神奈川も温泉ではないので、ご飯でおもてなしするしかありません」

「ここの飯は本当にうまい。宿代が安すぎて申し訳ないくらいです」

「品川の平旅籠は、大きさや歴史、部屋の広さなどでおおよそ宿代が決まっております。紅屋は小さな宿ですから。でも番頭さんは、きっちりとお客さまがお泊りくだされば、これで儲けは出ます、と言ってます」

　ははは、と進之介さまは笑った。気持ちのいい風が吹き抜けるような笑顔だ、とやすは思った。

「どんな時代になっても、町人というのはたくましいものですね。しっかりと自分の仕事をしていれば生きていけると信じている。それは、とても尊いことだと思います。その気持ちを裏切らずに、自分の仕事に真面目に取り組んでいれば楽しく生きていけるように政をおこなうのが我々の役目だと、斉彬様はいつもおっしゃいます」

「斉彬さまというお方は、すごいかただなあ、と、わたしも思いました」

「ほう？　おやすさんは斉彬様をご存知なのですか」

「い、いいえ、いいえ。めっそうもございません。雲の上のお方でございます。ただ、薩摩のつけ揚げという料理を作りました。斉彬さまが、琉球の料理をもとに考えてお国で広められた料理だと知りました」

「ああ、ええ、ええ。今ではさつま揚げと呼ばれているようですね」

「下魚でも、市場に出せない難のある魚でも、あれならば料理することができます。それに漁村ごとに違う魚でも作れます。中に刻んでいろいろ入れたら面白い料理にもなります。揚げたてをそのまま食べてもいいし、揚げてあるので生の魚よりは日持ちがしますから、あとで煮物にすることもできます。そうしたものを琉球でご覧になって、それを自分のおくにもとで広めようと考えられたというのは、すごいと思いました」

　進之介さまは、茶碗を手にしたまま、やすをまじまじと見ていた。

「あ、あの」

　やすは進之介の視線にたじろいだ。

「で、出過ぎたことを申しました。申し訳ございません」

「い、いやいや、そうではありません。感心していたのです。さつま揚げはとても美味いものです。あれを作って食べて美味いと思うだけなら誰でもそうでしょう。だが、あれを作って、あの料理の真価を言い当てるというのは、誰にでもできることではない。斉彬様は、ただ美味いからつけ揚げを城下に広めたのではありません。あなたがおっしゃったように、高値で取引される上等な魚が取れない漁村でも、あの料理ならば作ることができる。それぞれの村で工夫をすれば、その村だけのさつま揚げだって作れます。それを売り歩けば、ただ下魚を売るよりもずっと儲けることもできます。そうしたことに気づいていただけたとは……おやすさん、わたしは今日、実はとても気分がいいのですよ。あなたがようやく、打ち解けてくださった」

「……は？」

「今まで何度かあなたとはお話しさせていただきましたが、これまではどうもその……わたしはあなたに、怖がられているように感じていました」

「そ、そんな、めっそうもございません。申し訳ありませんでした」

やすは頭を下げた。だが、進之介さまは人の心を見抜く方だ、と思った。実際、やすは武士が怖かった。進之介さまがお優しい方だというのはわかっていたけれど、それでも、腰にさした刀を怖いと思う気持ちは消えない。

「いえいえ、気になさらないでください。わたしが勝手にそう思っていただけです」

「……お侍さまに失礼にならないように、と思うと、なんとなく身が堅くなります」

「この二本差しがいけないのですよね。確かに、人を斬る道具を始終腰にぶら提げていては、怖がられるのは当たり前です。ですが今日は、最初からあなたが打ち解けてくださっていて、とても嬉しかったのですよ。なんだかあなたは急に、その……自信に溢れた様子になっていて……眩しく感じました」

「……はあ」

「きっと、この台所でのあなたの価値が高くなり、あなたが重要な人物になったからなのでしょうね」

「わたしは、ちっとも重要でなんかないです」

「それは嘘だ。謙虚は美徳ですが、あまりにあからさまだと嫌味になりますよ」

「も、申し訳ありません」

「いやいや、すみません、脅かすようなことを言って。ただ、あなたはもうどこからどう見ても、紅屋の台所の要人です。その歳で、しかも女人で、なんと素晴らしいことだろう。そしてあなたはそれを誇らしく感じ、期待に応えようと努力を重ねている。そうしたすべてが、あなたを変えていくんですね」

「わ、わたしは……」

変わったりなどいたしません、と言いたかった。変わりたい、と思ったこともない。いつもそうだ。わたしはこのままで幸せで、ずっとずっと、このままここにいたい。けれど、それはできないことなのかもしれない、とこの頃思い始めている。

女で年若である、ということに隠れて、好きなように楽しく暮らしていられたのはここまでなのだ。これからは嫌でも、女であること、若輩者であることが取り沙汰され、変わらなくては生きられないようになるのだ、という気がした。

「新しい味、というのは、難しいものです」

進之介さまは、嚙みしめるような口調で言った。

「さつま揚げは幸い、誰しもが美味いと思える味でした。だがいつもそうとは限らない。南蛮の酒に、葡萄酒、というものがあるのですが、ご存知ですか。とても美しい赤い色をしていて、ギヤマンの瓶に入っているのです。斉彬様が時々飲まれるので、我々もお相伴にあずかったことがありました。他のみなは口々に、これはうまい、美酒でございますと褒めておりましたが、正直なところわたしには、渋くて酸っぱくて、どこが美味いのかわかりませんでした。酒ならば薩摩の焼酎がいい。焼酎というのは米や麦から作る、透き通った酒で、とても強いのです。それを薩摩では甘藷で作ります。薩摩の芋は大変に美味い芋ですよ。それで作った焼酎は、どこかに芋をはぐくむ薩摩の大地の香りがして、忘れがたい味になります。あんなに美味い酒があるのに、なぜわざわざ、南蛮の赤い酒など飲まなくてはいけないのかわからない、そう思いました。しかし、葡萄酒の美味さというのは慣れるに従ってわかってくるものなのだそうです。慣れる、つまり、それまで自分が慣れ親しんで来たものへの偏愛から離れて、気持ちを新しくして受け入れるということです。芋焼酎にしがみついていては、葡萄酒の美味さを知ることは永遠にありません」

進之介さまは、照れたように笑った。

「何が言いたいのか、自分でもよくわからなくなりました。ただ、あなたのような女人、そしてまだ二十歳にもならない年若い方が、料理人として大切にされ、前に進まれている。それもまた、新しい味、なのだという気がしたのです。きっとその新しい味に対しては、まずいと感じたり貶したりする人もたくさんいることでしょう。けれどその人たちはただ、自分たちが知っている味、料理人は男であり、美味い料理を作るのは年配の男でなければ、というところにしがみついているだけだと思います。そうした人たちがまずいと言っても、気にすることはありません。わたしが言いたいのは、つまりそういうことです。おやすさんは、伸び伸びとこのまま、料理人として成長されていけばいい。きっとそのうちには、その新しい味が、古いものにしがみついている人たちの舌を目覚めさせてくれます」

進之介が江戸に向かって出発してから、やすは進之介の言葉を何度も思い返していた。

自分は今まで、新しい味を作り出すことばかり考えていた。夢中になっていた。けれど、新しい味をなかなか受け入れられないような人のことは、考えてみたこともなかった。

自分のような女で、まだ歳も若い者が料理人として偉そうにしていれば面白くないと考える人がいることはわかっていた。けれど、女で歳の若い者が料理人として板場にいることそのものが間違っているのだから仕方ない、と思っていた。それが「新しい味」なのだと思ったことはなかった。

河鍋（かわなべ）先生は、新しい時代が来ると言っていた。黒船以来、この国はどんどん変わりつつあるのだと。けれどその新しい時代が、すべて良いものだとは言っていなかった。良いか悪いかわからない、と言っていた。

新しい味、が、本当に美味（おい）しいのかそうでないのか、決めるのは誰なのだろう。


「ちょいと、おやす、聞いたかい？」

おさきさんが、米の選（よ）り分けをしながら言った。

「おちよのお腹（なか）に、できものが出来ちまったんだってさ。悪いもんじゃないらしいけど、それを取るんで明日からしばらく仕事はできないんだって。しばらくは寝てないといけないらしいよ。悪いもんじゃないってったって、たかがおできでそんな何日も寝てないといけないなんて、ちょっとおかしいよ。しかも、医者から帰ったらおしげさんの長屋に行くんだってさ」

「おしげさんの？」

「そうなんだよ。おできをとったくらいで何日も寝てないとってのも変だけど、なんでわざわざおしげさんとこに預けるのさ。あたしゃね、悪いできものじゃない、ってのが嘘だと思うんだよ。あたしらが覗きに行かないようにおしげさんとこに寝かしておくつもりなんだろうから、本当は悪いできもので、けっこう大変なことなんじゃないかねえ。なんだかさ、ずっと変だとは思ってたんだよ。あの子が孕んでるんじゃないかって言う人もいたくらいでさ、なんかご飯を食べないで痩せちまうし、顔色も悪いし。まさかさ……お乳に岩ができてんじゃないだろうねえ」

「まさか……」

「あたしゃ見てるんだよ、岩で死んだ女を。長屋にいたんだけどね、まだ年若くて気の毒だった。お乳を取っちまう、しゅじゅつ、ってのをすれば助かるって言われたらしいけど、若い女がお乳をとるなんてできっこないさね」

「でも岩を手術して取るのなら、そのあとどうしたって見た目でわかってしまいますよ」

「だからだよ。だからしばらくおしげさんとこにおいて、動けるようになったら胸にさらしでも巻いて暮らすつもりなんじゃないかねえ。あるいは、西伊豆に帰すのかもしれないね。流れもんのこともあって、あの子は品川で生きていくには田舎娘過ぎたんだ、ってみんな言ってるし。だけど水くさいよねえ、岩ならそう言ってくれたら、みんなで看病してあげられるのに」

おさきさんに悪気はない。この人は本当にいい人で、心からそう思っているのだ。が、本当に岩ができていたんだとしても、みんなによってたかって看病されるのは嫌だろう、と思う。もし自分の胸に岩ができてしまったとしたら、わたしもここを出て行くかもしれないな、とやすは思う。

ただ、ちよは胸に岩ができたのではなく、腹に赤子ができたのだった。

いずれにしても、明日だ。明日、ちよはお腹の子を堕ろすのだ。

なぜか、悲しみが胸の底から湧き上がって来た。

それしかない、それがちよにとっていちばんいいことなのだ、とわかっているのに、涙が出た。

四　幽霊の想い

その日の夕方は少し慌ただしくなった。夕刻になると表通りに番頭さんや男衆が立って、大通りを歩く旅の人たちを呼び込むのが日々の習わしなのだが、なぜかその日は呼び込む間もなく次々とお客が上がって、夕餉(ゆうげ)の支度が都合三十名様分を超えてしまった。朝のうちに仕入れた魚は二十名分ほど、それを分けるとおかずが足りない。やすは大鍋を抱えて豆腐屋まで走り、油揚げを買った。そしてその帰りには餅屋に寄って、上方風に丸くした餅も買い込んだ。

丸餅をお揚げに包んで出汁(だし)で煮る。餅巾着(きんちゃく)、食べ応えのある美味しい料理だ。しかも手早く作れる。

丸焼きにする予定だった鯵(あじ)は三枚におろして、片身ずつ、叩(たた)いた梅干しを塗って丸めて焼いた。二十人分の魚で四十人分の料理になった。

政さんはどんな時でも動じない。番頭さんが台所に駆け込んで来て、夕餉の膳(ぜん)が三十四に増えたと伝えても、顔色ひとつ変えずに、わかりやした、とだけ言った。いつもそうだった。そうした政さんを見て、平蔵さんも学んでいる。やすも、大いに学んでいた。

夕餉の膳が下げられて来ると、賄いの用意だ。賄いはほぼ毎日、やすが仕切って作る。餅巾着は奉公人みなの好物なので、餅もお揚げもその分多く買って来た。だが鯵は、三匹しか残っていない。新鮮で身の綺麗(きれい)な鯵だ。

丁寧に三枚におろしてから、身を細切りにした。膾(なます)を作る。と言っても即席膾だ。

米酢に麹、茗荷と生姜の千切りと和えた。塩加減をみて、わずかに醤油も垂らす。鯵三匹で、みんなに一口ずつの膾が作れた。あとは漬物と、野菜くずを細かく切って出汁で煮て、とろみをつける。今夜の賄い用には麦飯を炊いたので、とろりとした野菜汁をかけて食べれば、きっと美味しい。

賄いは好評だった。ちよも綺麗に食べて、自分の膳を下げに来た。

「おちよちゃん、食べられるようになってよかった」

「お餅の巾着、美味しいよね。ちょっと甘辛いのがいいね」

「ありがとう。今日は夕餉が思ったより多くなっておかずが足りなくて、すぐできるものにしたんだけど」

「おやすちゃんが考えたの？」

「前に政さんが作ったことあるのよ」

「政さんって、料理を考える達人だね」

「そうね」

「あたい、政さんの料理をいつかお腹いっぱい食べたいなあ。賄いじゃなくって、お金出して作ってもらうの。政さん、土肥の旅籠で働いてくれないかなあ」

「そんなこと言ったら、おちよちゃん、みんなに恨まれるわよ。政さんを土肥に連れてっちゃったりしたら紅屋が大変」

「ここにはおやすちゃんも、平蔵さんもいるじゃない。うちの田舎の旅籠は、ご飯が美味しくないのよ。魚は新鮮なのがいくらでも手に入るんだけど、料理人が下手なの。腕のいい料理人があんな田舎の旅籠に来てくれたりはしないもんね」

ちよはにっこりした。

「でもいつか、政さんみたいな料理人が働いてくれるような旅籠にしてみせるから、そしたらおやすちゃん、政さんと来てね」

「うん。楽しみにしてる」

ちよは機嫌よく奥に戻って行った。明日には腹の子を流しに行かなくてはいけないのに、ちよは明るく振る舞っている。もう心は決まったのだろう。

やすはため息をひとつ吐(つ)いて、皿や茶碗をのせた笊(ざる)を抱えて井戸に向かった。

「おやすさん、こんばんは」

頭の上から声がして、茶碗を取り落としそうになった。見上げると、無精髭(ぶしょうひげ)を生やした幸安(こうあん)先生が立っていた。

「幸安先生！　こんな時刻にどうされたんですか」

「すぐそこの、うめ屋さんで腹痛のお客が出てしまったんで、診て来た帰りです」

うめ屋は数軒先の旅籠だ。紅屋のような平旅籠ではなく、飯盛女を置く宿だった。

「まあ、大丈夫でしたか」

「ええ、あれは、食べ過ぎですね。うめ屋さんの夕餉は仕出しなんですが、追加をとるといくらか儲かる仕組みらしくて、飯盛さんがもっと食べろと勧めるようです。そのお客はもともと胃弱で、たくさん食べると腹痛を起こす性質でした。たまたま部屋についた飯盛さんが好みの女だったようで、つい調子に乗ってしまったんでしょう。しかしあれでは、明日まで寝ていなくてはいけません。欲をかいて無理な商売をしたから、その飯盛さんは今夜のお客を失ってしまった」

幸安先生は、はは、と笑ってから真顔になった。

「いや、これはすみません。笑い話にしていいようなことではありませんね。飯盛さんにとっては災難だ」

飯盛女には満足な給金が払われておらず、客に気に入られて床まで一緒にして初めて実入りがある、と聞いたことがあった。お女郎さんが客を取れるのは遊郭の中だけと決められているのに、宿場女郎である飯盛女は、お上に見て見ぬふりをしてもらっているらしい。そんな事情があるだけに、飯盛女たちは必死で稼ごうとしているのだろう。いつ宿を追い出されるかわからない身なのだ。

そうした話を耳にするたびに、やすは自分がどれほど運が良かったことかと思い直す。本当ならば自分も、どこかの遊郭に女郎として売り飛ばされていたかもしれないのだ。

「そのお客さん、早く良くなるといいですね」

「ええ、腹ごなれが良くなる煎じ薬を渡しておきましたから、明日の朝には元気になっているでしょう。ところで、おちよさんはいかがですか。食欲は戻りましたか」

やはり、幸安先生もちよのことが心配でここに寄ったのだ。やすはうなずいた。

「へえ、夕餉も残さず食べました。顔色も少し良くなって来ました。あの、おちよちゃんをここに呼びましょうか？」

「いやいや、それはやめておいてください」

幸安先生は手を顔の前で振った。

「おちよさんは、わたしの顔を見たくはないでしょうから」

「そんなことは……」

「あなたもご存知なんですよね？」

「へ、へい」

「わたしはただ、腹にややこがいるとみたてただけです。それ以外は何もしてあげられない。そうであれば、もうおちよさんのことに口出しはしない方がいいでしょう」

「……明日、中条流に……」

　幸安先生は、ふう、と肩を落とした。

「そうですか。明日ですか。……まあ早い方が体の為にはいいですからね」

「……本当に、それでいいんでしょうか」

「さあ、いいか悪いか、わたしにはわかりません。ただ、わたしは医者です。人の命を救えるのならば救いたい。そんなわたしの立場からは、残念だとしか言えません。だが、望まない子を産んで辛い思いをするのはおちよさん自身です。誰もおちよさんの代わりにはなれない。わたしが願うことはただ、おちよさんが無事に戻って来て、また元気に働けるようになることだけです」

「やっぱり、危ないんですね、子を流すって」

「気休めを言っても始まりませんから言いますが、ええ、危ないですよ、とても。何事もなく回復することももちろんありますが、運が悪いと高い熱が出て、何日も、何ヶ月も寝たきりになることもあります。そのまま亡くなることもあります。だが品川に限らず、遊郭があるところには必ず、子を流してくれる医者がいる。それだけ必要とされているということです」

「おちよちゃんは大丈夫なんでしょうか」

「大丈夫だと信じましょう。おちよさんは若いし、まだ腹の子は小さい。きっとすぐに元気になりますよ」

やすはうなずいた。

「ところで、あのことはどうなりました？　あの、ほら、油っこいものが好きな方に食べさせる、油っこくない料理。柔らかいものが好きな方に食べさせる、柔らかくない料理」

「へい、油っこい方は、なんとかなりそうです。まだきちんとした料理にはなっていないんですが。柔らかい方は、まだ悩んでいます。でも少しずつ考えがまとまっては来ています」

「そうですか、それは楽しみだ。そうそう、あの黄色い粉のこともまだ、教えてもらっていませんでしたね」

「あ……かりいの粉ですね。す、すみません、わたし、いろいろあってすっかり……」

「かりい、というのですね、あの粉は」

「詳しいことはわかりませんが、元々は天竺の料理に使うものだそうです。天竺では、あんな風に粉にはせずに、いろいろな薬草や香草をその都度使うようです。それをえげれすが自分の国に持ち帰って、簡単に使えるように粉にしたのだとか」

「なるほど。やはりあの、薬食同源にのっとったかのようなもので料理をするというのは、天竺の考え方でしたか」

「あの粉を溶いた汁で、野菜や、けものの肉を煮るのだそうです」

「獣の。ほう。つまり香草で獣の臭みを消すわけですね」

「それに、あの粉には唐辛子が入っていませんでしたが、天竺ではあれに辛い唐辛子などを混ぜて、とても辛くして食べたりするそうです。おみねさんは、わたしが作ったかりいの汁に、一味をたくさん振りました。初めはあまりに辛くて食べ物には思えなかったんですが、不思議なことに、二口、三口と食べると辛さに慣れて、美味しく感じるようになるんです」

「そんなに辛いものが美味しく感じる……」

「へえ、わたしも驚きました。一緒に食べた紅屋の料理人の平蔵さんは、味が二階建てだと言いました」

「味が二階建て？」

「へえ、味が混ざるのではなく、重なっているんです。とても辛い味があるのに、野菜や魚の旨味がその辛さに消されてしまわず、ちゃんと感じられるんです。辛いのに美味しい。辛くてたまらないのに、もう少し食べたいと思う。そういう料理でした」

「それはそれは」

　幸安先生は、ごくりと唾を飲み込んだ。

「わたしも食べてみたいなあ。それはこの国の料理にはない考え方ですね。この国の料理は、和を大切にする。出汁の旨味と素材の旨味は、決して喧嘩をしたり、どちらかが優ってしまわないように混ざりあうよう味付けをする。七味で辛味をつけるにしても、蕎麦の上にちょっとかけて味の追加をするだけです。辛さが強すぎて蕎麦の味がわからなくなってはだめだ。しかしその、かりい、という料理は、辛さの上に旨味をのっけるんですね。書物で読んだ限りでは、天竺というのはとても暑いところなのだそうです。天に届くほど高い山があるので、もちろんそうした山はとても寒い。けれど山の下は暑い。暑くて食べ物も水もすぐに腐ってしまう。きっとそうしたところでは、とても辛い味にする必要があるのでしょう。あるいは辛い味にしておけば傷まないのかもしれない。いずれにしても、食べ物というのはその土地の風土によって変わります。その、二階建ての味が、天竺の風土には合っているのでしょうね」

「えげれすでは辛くしないのだとおみねさんが言ってました。なのであの黄色い粉には唐辛子が入っていないのだそうです」

「なるほど。やはりその土地ごとに、味の好みというのは変わるものなのですね。しかしあの粉はただ料理の味付けに使うものではないと感じました。あれは、やはり漢方の仲間のように思います。暑くて食べ物が傷みやすいところでは、きっと腹痛も頻繁でしょう。あの粉には人の体の調子を整える作用があるはずです。それによって、腹痛が起こりにくくなるのかもしれない」

幸安先生は、何かしきりに考えているようだった。

「どれ、ではそろそろお暇しましょう」

「あ、お茶もお出ししませんで」

「いやいや、ちょっと寄っただけですからお気遣いなく。もしおちよさんが、その……また具合が悪いようでしたら知らせてください」

「へい。おちよちゃんのこと気遣ってくださって、ありがとうございます」

幸安先生は、ひょいと頭を下げると軽やかな足取りで裏庭から松林の方へと歩き出した。大通りを行かずに松林を通って帰るのだろうか。草地の道を歩く幸安先生の、長く伸ばして妙な位置に結んだ髪が、ちらちらと見えている。

おかしなお医者さまだ、とやすは思い、くすりと笑った。

次に日本橋に行く日までにどちらの料理も用意するのは無理だと思ったので、ひとまず、油っこい料理が好きな清兵衛さまに気に入っていただける、油を少ししか使っていないのに油の味を楽しめる料理に集中することにした。
肝心なことは、やすがそれを料理するだけではだめだということ。あくまで、お小夜さまが清兵衛さまの為に料理しなければ意味がない。それには、下ごしらえに手間のかかるものは使えない。
やすが頭で考えた「味」には、魚よりも、烏賊(いか)や海老(えび)の方が合いそうだった。だがどちらも下ごしらえはなかなか大変だ。お小夜さまにできるだろうか。
烏賊ははらわたを傷つけないようにそっと抜いて、目玉や嘴(くちばし)の硬いところを切り離し、足の汚れや小さなイボを削(そ)いで、そして皮を丁寧に剝(む)かなくてはならない。この皮を剝く作業が厄介だ。雑にやれば身に皮が残ってしまい、料理をすると汚くなるし、皮のところで身が縮む。海老も同様だが、海老は卵を抱いていることがあり、それはそのまま焼いても美味しいので外れないように扱う。殻を剝いたら背腸を取る。この背腸は楊枝でそっと抜いてやらないと潰れて残る。そのまま熱を加えるとくるっと丸くなってしまうので、天ぷらの時には身が丸まらないように包丁を入れるが、さて、今度の料理にはどうだろう。案外、丸まった身の方が見栄えがするかもしれない。玉子蒸しなどに飾る小海老は丸い方が愛らしい。

野菜はどうしよう。

油を塗って焼いて美味しいのは、芋だろうか。天ぷらも芋は美味しい。青菜や大根は水気が多過ぎる。水気が少なくて、油と馴染みのいい野菜。そうなると、やはり茄子？　けれど茄子は油をたくさん吸ってしまう。

あれこれ考え出すと、どれも試してみたくなる。

やすは、おまきさんに余ったくず野菜を分けてもらうことにした。くず野菜、と言っても毎日の奉公人の賄い飯には欠かせない大切な食べ物なので、おまきさんがきちんと集めている。

裏庭に出てみると、おまきさんは部屋付き女中たちと何か熱心に喋っていた。

「あらおやすちゃん。どうしたの」

「へい、またくず野菜を少し、分けて貰えたらと」

「ああ、あの、油をどうしたとかいう料理を作るんだね？　政さんが言ってたよ、おやすが面白い料理を考えてるから、もしかすると品川に新しい名物ができるかもしれねえぞ、ってさ」

「そ、そんな大げさな」

「あはは、政さんはあんたのことになると、まるで娘自慢のばか親父だよ。でもいいさ、あんたなら品川名物をこしらえるくらいのこと、そのうちやっちまってもおかしくないよ」

「ちょっとおやす、あんたは境橋の幽霊、見に行ったのかい」

部屋付き女中のおはなさんが訊いた。

「いいえ、そんな怖いもの見に行きません」

「あんなに有名になっちまったら怖いも何もないさ。夜だけじゃなくって、昼間だって柳のところは毎日人だかりがしてんだよ」

「おちよは夜中に抜け出して見に行ったたって？」

やすは知らないふりで下を向いた。

「あの子はばかだからね。ばかは怖いってこと知らないのさ」

別の女中が、ふん、と鼻を鳴らした。

「とにかくあんなに騒ぎになっちまって、境橋が混み合って馬も荷車も通れないってんで、とうとう柳の下を掘ってみることになったらしいよ」

「柳の下になんかあるのかい」

「だからさ、あそこに幽霊が出るってことは、あそこに何か埋まってるってことじゃないか」

「何かって、何さ」

「やだよ、そりゃ……亡骸（なきがら）とか」

「な、なきがらっ！」

おはなさんが大声を出した。

「いやだよ、そんな、そんなもんがあそこに！」

「だって幽霊ってのは、死んだ人が化けて出るから幽霊なんだよ。幽霊が出たってことは、どっかに成仏できない死人（しびと）がいるってことじゃないか」

「そりゃそうだけど……」

「ちゃんと弔って貰えなかった死人の亡骸があるんなら、掘り出して丁重に弔ってやったら幽霊も出なくなるだろうってさ」

「だけどなんであんなとこに埋まってるのさ。野垂れ死にしたって土の中に勝手に埋まったりしないだろう？　それってつまり、誰かが埋めたってことじゃないのかい」

「そういうことになるねえ」

「なるねえって……そ、それは、その埋めた誰かが、その人を、こ、こ、ころ」

「やだよ、もうやめようよ、こんな話」

おまきさんが耳を塞いだ。

「成仏できない幽霊がほんとにいるんなら、面白がって噂話なんかしてたら取り憑かれるかもしれない。柳の下を掘り返して何か出て来たって、あたしらには関わりのないことだ。くわばらくわばら」

「関わりないかどうかわからないじゃないのさ。この紅屋には毎日毎日、旅のお人がお泊まりになるんだよ。柳の下に埋められちまったお人が、紅屋に泊まったお客だったかもしれない」

「だったら境橋に飽きたら、今度は紅屋の座敷に現れたりしないかね……」

女中たちは悲鳴を上げながら話し続ける。おまきさんがやすに目配せしたので、やすは話の輪を離れたおまきさんについて行った。

「みんな、幽霊の話なんかあんなに大きな声で喋って、ほんとに取り憑かれたらどうするつもりなんだろう」

　おまきさんは唇を尖らせた。

「幽霊、幽霊って面白がって言うけれど、成仏できずにさ迷っているなんて、随分と気の毒なことだよ。夜中にふっと現れたって、そっとしといてやりゃいいのさ」

　おまきさんは、日に干してある笊をやすに手渡した。

「干した方が味が濃くなるからね、くず野菜も干しとくのさ。この中に、あんたの料理に使えそうなのはあるかい」

「……干せば水気が飛びますね」

「そりゃそうだよ、水気を飛ばす為に干すんだから。でもそれだけじゃないんだよ、お日様に当てると味も変わるんだよ」

「大根の皮も細く切って干すんですね」

「こうすると味噌汁の実にもいいんだよ。切り干し大根みたいに煮含めても食べられるし、きんぴらにしてもいい」

「きんぴら」

「ああ、胡麻の油を鍋で熱してね、こういう野菜の皮をちょっと干したものを入れて熱を加えてやってから、砂糖と醤油と酒で味付ける。牛蒡のきんぴらと一緒だよ」

そう言えば、賄いのおかずに野菜の皮のきんぴらは何度も出ている。大根も軽く干して水分を飛ばせば使えるかもしれない。

「実はね」

やすが笊の上の野菜を一つずつつまんで、その香りや干され具合を調べている横で、おまきさんが大きなため息を吐いた。

「あたしにちょいと、心当たりがあってね」

「心当たり？」

「さっきの話だよ。境橋の柳の下の、幽霊さ」

やすは驚いておまきさんを見た。

「あたしの姉がご亭主と暮らしている長屋に、大工の一家がいたんだよ。あれはそう、五年も前のことかねえ。まだ姉夫婦が所帯を持っていくらも経(た)ってない頃だった。仲のいい一家でね、上に十五になる娘がいて、下は七つの男の子さ。腕のいい大工のようで稼ぎもそこそこあってさ、とても幸せそうだったんだよ。ところがさ、その亭主が大怪我(おおけが)しちまって。どっかのお屋敷を普請してる最中に、材木が倒れたとかどうとかで。運が悪かったんだねえ、首のどっかを痛めて、そのせいで脚が動かなくなっちまったのさ。首を怪我して脚が萎(な)えちまうなんてことがあるんだね。脚はちゃんと付いてるのに、動かないんだよ。何も感じないんだそうだ。仕方なくいざり車に座って、うちん中じゃ腕だけで動き回ってたよ。そんなんで大工はできなくなっちまった。しかもなんだかんだとお医者に払う銭も大変だったみたいでさ……おかみさんは煮売屋始めて、朝のまだ暗いうちから大鍋に煮物作って、日が暮れるまで売り歩いてたけど……いくら売れたところで煮売りの上がりで借金は返せないよ。長屋の連中も、毎日煮物を買ってやったりはしたんだけどね。亭主もいざり車に乗っかってどっかの細工物の工房に通って、大工だった腕を活かして細かいものを作る仕事はしてたんだけど、とうとう借金取りが長屋まで押しかけて来るようになってさ。……結局、上の娘が自分から身売りを言い出したって話だった」

やすの胸が、ずきん、と痛んだ。

「品川の中じゃ顔を知ってる人も多いから、それはあんまり可哀想だってんで、川崎の方に売られて行ったらしいよ。どこに売られたのかまでは知らないけど、女郎にでもならなけりゃ、親の借金を返すなんてことはできないさね。まあそれで、借金はなくなって暮らしはたつようになったんだけど……おかみさんはやっぱり、娘を犠牲にしたことが心に重かったんだろうね。気を病んでしまってね。煮売りの商売もできなくなって、身の回りも構わなくなっちまってさ……毎日畳の上に座りこんで、ぼんやりしてるのさ。仕方ないから長屋のもんが代わりばんこに、下の子の面倒をみたり、ご飯を作ってやったりしてたんだよ。でもそれも限度があるだろう。亭主も働いてるとは言ったって、脚が動かない身だよ、細工の賃金だってさぞかし足元見られてただろうしね。……娘が身売りしてから二年ほどした、冬の朝だよ。ほら、なんだかやけに寒い冬があっただろう。品川は海が近くて冬でもあったかいのに、あの時は毎日寒くてさ……見つけたのは、長屋でいちばん早起きの爺様だった。長屋の外れの井戸端でね……抱き合って座ってたんだってさ……夫婦二人して。脚の動かない亭主が、気を病んだおかみさんをこう、抱きしめるみたいにして。たぶん、一晩中そこに二人して座ってたんだね……二人の体を氷が覆ってたんだって。水をかぶったんだよ……水をかぶって……」

おまきさんが嗚咽を漏らした。やすも、こぼれ落ちた涙を袖で拭いた。

「……とっても綺麗な死に顔だったそうだよ。寒さで死ぬと顔が綺麗なんだよ。死ぬ前に眠っちまうからね、穏やかな、安らかな顔で死ねるのさ。部屋には書き置きもあった。残された男の子は親戚のとこに送ってやってくれって、なけなしの銭も包んであった。娘には伝えないでくれって、ね。まあ伝えようにもどこにいるのかわからないんだから伝えようもなかったけど。だけど」

おまきさんは、洟をすすって言った。

「噂ってのは伝わるもんなんだね。どこかに売られた娘の耳にも、ふた親が心中しちまったって噂は届いたんだろう。いや、大家さんの計らいで、心中ってことは伏せられたし、お役人もただ寒さで死んだってことにしてくれたんだよ。心中だなんてことになったら、大家さんも罰を受けるし、下手したら長屋が取り潰されちまう。お役人だってそんなことしても一つも得はしないからね。けど人の噂ってのは尾ひれがついて、少しでも剣呑な方へと流れるもんさ。その噂を耳にした娘は、どんな気持ちがしただろう。考えただけで胸が潰れるよ。自分が身売りしてまで助けようとした親なのに、結局そんなことになっちまって。それで遊郭だか岡場所だか知らないが、そこを抜け出して駆けつけたんだろうね。姉夫婦は見てないんだよ。でも長屋の連中が何人か、その娘が長屋の近くにいたのを見ているんだ。そして中の一人が、空き家になった部屋ん中で、蠟燭も灯さずにじっと座ってる娘を見たって。それがあんまり鬱々としてて、なんだかもうこの世のもんじゃないみたいだったんで声がかけられなかったって。でも少し経ってから、心配になってまた覗いたら、もうその時は娘はいなかった。そう言うんだよ。そんなの嘘だろう、作り話だろうって人もいるが、あたしは本当のことだと思ってる。あの子は長屋に戻って来たんだ、きっと。でも消えちまった」

「消えた……」

「そう、消えちまった。数日して、人相のよくない若い連中が何人か長屋に押しかけて来てね、その娘を隠してねえかってうるさかったんだ。けどあんな長屋のどこに娘一人隠せるって言うんだい、押入れだって半間しかないんだよ」

おまきさんは、乾いた笑い声をたてた。

「ほんと言うとさ、あたしゃ悔しいんだよ。もしあたしが姉と同じ長屋に住んでて、戻って来た娘をみつけてたら、そしたらあたしゃ、何がなんでもあの子をどこかに匿ってただろうね。殺されたってあの子を女郎に戻したりしなかった。なんとか生きる気になれるように、どこかに匿って逃がしてやってさ、弟にも会わせてやりたかったし、幸せにしてやりたかったよ」

「その娘さんは、連れ戻されてしまったんですか」

「さあね、とにかく消えちまったのさ。それから何度か、娘が戻ってないかって男たちが聞きに来てたから、連れ戻されはしなかったのかも。ただ、それ以来誰も見てないんだよ、その子のことを。それで、あたしゃふと思ったのさ。境橋の幽霊は、その子なんじゃないかって。ふた親が死んじまったことを悲しんで、あの子はあの柳の枝で首をくっちまって、それを最初に見つけた誰かが、あまりに不憫（ふびん）だと思って、そっと柳の下に埋めてやったんじゃないかって。首縊（くびくく）りの亡骸ってのは哀れなもんらしいよ。下の方からは垂れ流し、口からは舌がはみ出して、泡吹いてることもあるんだとか。若い娘がそんな死に様を晒（さら）しもんにされるのはあんまり可哀想だよ。あの子のことを知ってる誰かが見つけたら、そっと埋めてやろうと思ってもおかしくないさ」

　おまきさんは首を振った。

「まあこれはみんな、あたしのたわごとだよ。本当はどうだったのかなんて知りゃしない。柳の下を掘ったって、犬の死骸（しがい）かなんか掘り出すのが関の山さ。幽霊ってのは何も、自分が死んだとこだけに出るもんじゃないだろうからね。だけど、なんにしたって成仏できないってことは、この世に未練が残ってるってことだろ。もしあの子があのままどっかで死んじまったとしたら、いろいろ未練も残るだろうと思ってさ。弟のことだって気がかりだろうし」

「その男の子は、どこにいるんですか」

「ええっと、確か、木更津（きさらづ）の方だよ。書き置きに親戚のところ書きがあったんで、大家さんが送って行った。船で行くんだって、長屋の連中が港で見送ったんだとさ。九つでもしっかりした子でね、ふた親が死んじまったことはわかってるふうだった。あの子はどうしてるんだろうねえ、元気でやってるといいんだけど。もうあれから三年かい、十もすぎてるから奉公にも出られるね」

「きっと、元気でいますよ。それに柳の下には何も埋まっていないとわたしも思います」

「そうかい？」

「へえ。もし本当にその娘さんが亡くなっていて、成仏できずにいるとしても、境橋で通りかかる人を驚かせたりはしないと思います。昔の楽しかった頃のことが懐かしいなら長屋に出るでしょうし、誰かを恨めしく思って成仏できないでいるのなら、恨んでいる相手のところに出るでしょう」

「品川が懐かしいのかもしれないよ」

「品川で死んだのなら、懐かしむまでのこともありません。品川が憎いなら、ただ柳の下に現れるだけでなく、もっと悪さをするでしょう」

「品川が憎いと思われてたら、それは悲しいけどねえ。けど、あの子が現世の何かを憎みたくなってもそれはわかる気がするよ。そもそも、あの子の父親は仕事をしていて怪我したんだよ。だったらその仕事を請け負った者か仕事をさせた者が、あの子の一家の面倒をみてやったって良かったんだよ。それを医者のかかりまで自分で払わせて、仕事はクビにしてそれっきりってのは、あんまり理不尽じゃないかい？　これが紅屋だったらきっと、治るまで医者のかかりどころか、日々の暮らしを立てられるだけの銭だって面倒みてくれたさ。奉公人は家族同然だって、番頭さんもいつも言ってるからね」

　おまきさんの言う通りだ、とやすは思った。もし台所でやすが怪我をしたら、きっと紅屋の奥の人たちはみんなして心配してくれて、医者のかかりも決してやすに払わせたりはしないだろう。

「ま、いずれにしたって、幽霊なんざほんとにいるのかどうかもわからない。柳の下を掘るのは勝手にしたらいいけど、何も出なかったらきっぱりと、幽霊なんざ気のせいだって番屋に貼り出しでもしといてもらいたいよ。夜中に人気のない川端を歩いてりゃ、風に揺れた柳の枝だって幽霊に見えるもんなのさ。きっと酔っ払った誰かが見間違えて騒いで、それが広まっただけなんだよ。一度噂が広まっちまったら、ばかなことでも自慢したい連中が、俺（おれ）も見たあたいも見た、って適当なことを言いふらす。幽霊を見たって言えば、ちょっとした時の人、周りからちやほやされるもんね。どうせ嘘だってことなんかばれっこないんだから」

　おそらくそういうことだったのだろうと、やすも思った。幽霊などいないときっぱり言い切る自信はないが、今回の騒動は度が過ぎている。

「娘さんは、生きていると思います」

　やすは言った。

「そう信じてみたいです」

「そうだね、あたしも信じてみたいよ。もし首尾よく逃げて、どこかで幸せに暮らしてるんなら、誰も追いかけたりしないように、いっそ幽霊はあの子だよって噂でも流しちまおうかね。あの子は死んだんだってみんなが思い込んでくれたら、もうあの子は追われずに済むからね」

　おまきさんはそう言って笑ったが、そんな嘘を平気でつける人ではないと、やすにはわかっていた。

五　柳の下

　夕餉(ゆうげ)の支度がひと区切りついた頃(ころ)に、おしげさんが台所に現れた。

「ちょっとおやす」

　おしげさんにしては珍しく、遠慮がちな声で言った。

「あんた今、手が離せるかい」

やすは政さんを見た。政さんが、構わねえよ、と呟く。

やすは前掛けで手を拭いて、おしげさんの後について裏庭に出た。

「おちよを中条流に預けて来るよ」

おしげさんは、まるで苦いものでも無理して呑み込もうとするみたいな苦しげな声で言った。

「今日はあの子の前にややこを流した女郎が熱を出したとかで、処置はできないんだってさ。でもここに戻せばまた、おちよの気持ちが揺らぐからね、預かってもらうことにしたんだ」

「ひとりで、ですか。おちよちゃん、心細いでしょうね」

「ああ、だから仕事を終えたら、今夜はあたしがおちよに付き添って医者んとこに泊まろうと思ってる。明日、あたしは番頭さんから一日、休みをいただいた。明日の早いうちに処置するらしいから、明日はあの子が動けるようになるまで一緒にいてやって、それからあたしんとこに連れて行くよ。半月ばかりあたしんとこの長屋においておこうと思ってね」

「わたしにできること、何かありますか」

「そうだね、何かあの子が好きな食べ物でも作ってやってくれるかい。お腹(なか)に重くないもので、食べるとほっとするようなものがいいね」

「へえ、何か考えます」

「政さんの様子はどうだい」

「様子？」

「おちよの腹の子のこと、何か気にしてるかい」

「ああ、そのことですか。いえ、あれから何も」

「それなら良かった。あたしはね、政さんが何かとんでもないこと言い出しやしないかって心配だったのさ」

「とんでもないこと？」

「おちよの腹の子欲しさに、おちよと所帯を持つとか、おちよと土肥(とい)に行っちまうとかさ」

「まさかそこまでは」

「赤ん坊と一緒に命を落とした自分の恋女房を思えば、せっかく宿った赤ん坊を流しちまうなんてのは、あの人には耐え難いことだよ。突拍子もないことを言い出してもおかしくない」

「政さんはちゃんとわかっていると思います。おちよちゃんは、ややこを産むわけにはいかないって」

「頭でわかっているのと、心がわかるのとは違うさ。政さんの心は一度、元に戻るかどうかわからないってくらい壊れちまった。それを必死で繕って、ようやっと今の政さんがあるんだよ。でもあの人の心が前と同じに戻ってるとは思えないんだ。人はそんなに強くないものだよ。今はあんたがいるから、政さんは生きていられるんだよ。でも何かの拍子で心の傷口がぱっかりと割れて、血が流れ出さないとも限らない。あたしゃ、おちよのことよりも政さんのことの方が心配さ」

やすは、心が壊れていた頃の政さんを知らなかった。やすが大旦那さまに拾われて紅屋にやって来た時にはもう、政さんは酒をやめ、包丁を握っていた。だからおしげさんにそう言われても、もう一つしっくり来ない。政さんに限ってそんな心配はいらないはず、と思ってしまう。

夕餉のおかずの仕上げをしながら、やすは寒天を煮た。寒天なら喉をするりと通る。胃の腑にも軽い。政さんのゆるしを得て黒砂糖を寒天に溶かし、甘納豆を沈ませた。割った青竹で作った容器に流し込んで、盥に張った井戸水で冷やした。

「おちよのとこに持って行くのかい」

　政さんが小声で言った。

「他の女中に見つかると、自分も食べたいとうるさいだろうから、そっと持ってってやんな」

「おしげさんが持ってってくれます。今夜は……お医者のところに泊まるそうです」

　政さんが、息を吐いた。なぜかとても悲しい音に聞こえた。


　おしげさんに竹筒の寒天を渡し、おおかたの片付けを終えると、やすは、百足屋(むかでや)の台所から借りた大きな真四角の銅鍋(なべ)を熱し、油を流した。夕餉にお客に出した烏賊(いか)の刺身の残りを賄いにつけたのだが、やすは自分の分を食べずにとっておいた。下足(げそ)の硬いところや三角のところなど、お客には出せないが味は濃い部分だ。

　玉子焼きを作る時と同じに、余分な鍋の油は拭き取る。それから烏賊に刷毛(はけ)で油を塗る。塩を軽く振って、烏賊を銅鍋に入れた。じゅうと音がして、烏賊の身が焦げる。なんとも言えないいい匂(にお)いだ。

　身が焼けたところで、醬油(しょうゆ)にちょんとつけて食べてみた。

　うーん。

味は予想していた通りで、それなりに美味しい。だがこれも予想していたことだったが、いつものように七輪で焼いた烏賊とどこが違うのか、その差がはっきりしない。確かに油の味はするのだが、それがなくてもいいような気がする。つまり、七輪で焼いたほうが美味しいのだ。

もっと油の旨さが感じられないと、清兵衛さんを喜ばせることはできない。やはり銅鍋では駄目なんだろうか。

政さんが知り合いの鋳物屋に頼んで作らせている鉄鍋は、次の日本橋行きには間に合いそうになかった。こうなったら政さんが言っていたように、新しい鋤を買って来て使ってみるしかないのかも。

それに、鍋が鉄になったとしても、油の旨味が感じられない点は同じだろう。何がいけないのだろう。

油を烏賊に塗って焼いては駄目なんだろうか。

考えこんでいたせいで、やすはうっかり、指先に付いていた水滴を火にかけたままの鍋に落としてしまった。

シュッと音がしたと思ったら、何かがぱちんとはねてやすの手の甲に当たった。

あちっ

油がはねたのだ。

やすは慌てて、手の甲に水をかけて冷やした。火傷をしたかしら。

はねた油はとても熱い。

その時、何かが頭の中で閃いた。が、それが何なのか、捕まえ損ねてしまった。

「おやす、俺はそろそろ帰るぜ」

政さんの声がした。

「おまえさん、また朝までなんてやったら駄目だぞ。明日もおまえさんには仕事があるんだ」

「へい、もう終わります」

「へえ、烏賊を焼いたのか」

政さんは、鼻をひくつかせた。

「芋よりは感じが摑めそうだな」

「へえ……」

「なんだ、浮かない顔して」

「……わたしのやり方は間違っているように思えて来ました」

「どうして?」

「へえ……せっかくお借りしたこの銅鍋で焼いた烏賊よりも、いつもの七輪で焼いた烏賊の方が美味しいんです。油を塗って焼くと匂いは香ばしいんですが、身は炭で焼いた方がふっくらとしています。鍋で焼くと外側が先に固くなって、中まで火を通そうとすると身が固くなってしまいます。それに、肝心の油の美味しさがまるで伝わりません」

「なるほど」

「それなのにこんなに」

やすは銅鍋を政さんに見せた。

「汁が出てしまいます。この汁は烏賊の旨味です。旨味が外に出てしまったのでは、残った身が美味しくないのは当たり前です」

「ならその汁に味をつけて、烏賊の身をそのまま煮たらどうだい」

「へえ、それだと味は濃くなりますが、身はもっと固くなります。それに油の味はわからなくなって、ただの烏賊の煮ころがしと変わらないです」

「で、どうしたらいいと思う？　鍋が鉄ならもっとましになるかい」

「……鉄のほうが、熱くなりますね」

「たぶんな」

「鍋が熱くなるってことは……油も熱くなる」

「そりゃそうだろう」

「……熱さが足りないと思うんです」

「ほう？」

「さっき油がはねて、手についちゃって」

「おいおい、大丈夫か。油の火傷は治りにくいぞ」

「たいしたことありません。ちっと熱かったですが。それで思ったんです。油がうんと熱ければ、早く火が通ります」

「烏賊にかい。そりゃそうだろうな」

「早く火が通れば、旨味の汁は外に出ない。烏賊の身の外側を熱い油で一気に焼けば、旨味の汁は中に閉じ込めておけます」

「それはそうだが、中が生のままになっちまわねえかい」

「烏賊は生でも美味しいんです。中が半分くらい生の方が、きっと美味しいんです。それに、外側を一気に熱い油で焼いて、それからそれほどは熱くないけれど、烏賊の身が冷めないように熱した鍋に移せば、熱が伝わってそのうちに中も生ではなくなります」

「鍋を二つ用意するのかい」

「……大きい鍋なら、火の当たっているところと当たらないところで熱さが違います。最初に油をうんと熱くして焼いて、それから火から遠いところに寄せてやれば……あ、あ、わかった！」

やすは手を叩いた。

「わかりました。烏賊に油を塗ったのが間違いでした。銅鍋の油を拭き取ったのもいけなかった。玉子焼きとは違うんです。玉子焼きは焦がしてしまうと見た目が悪いから、焦げないように焼きます。でも烏賊は、少し焦がすくらいに焼かないと汁が外に出てしまう。烏賊の身に油を塗ったのでは、油はそこまで熱くならないんです。そうではなくて、鍋に多めに油をひいて、その鍋をうんと熱して油を熱くする。そこに烏賊を入れて一気に焼いて、焼けたらすぐに端に寄せる。それならきっと、中の汁も出ないし、油の味も伝わります！」

「しかしおやす、そうなると、相当でっかい鉄鍋が必要になるぞ」

「へい、鍋というより……板のようなものがあれば」

「鉄の板か。それなら鍋より早く作れるな。ただの板でいいのかい」

「ひいた油が外に流れてしまうと火事になるので、油が流れ落ちないように、縁があれば……」

「ちょっとちょっと、おやすはまだいるかい！　もう寝ちまったかい！」

突然大声がして、勝手口からおしげさんが飛び込んで来た。

「ああよかった、まだ起きてたんだね。ああ、政さんもいる。助かった」

「どうしたんだ、おしげ」

「困っちまったよ、どうしよう。おちよがいなくなったんだよ！」

「いなくなった？」

「今夜はあの子を中条流の女医者のとこに預けたのさ。それであたしも一緒に泊まって、ちょっとは慰めてやろうなんて思ってたんだよ。それが行ってみたら、あの子、やっぱり今夜は帰りますって出て行ったたって。帰りますったって、おちよが帰るとこはここの奥しかないじゃないか。だけど紅屋から向かったあたしがあの子と行きあわなかったってことは、あの子はここに向かってやしないんだよ。慌ててあたしの長屋にも行ってみたけど姿がない。それでおやすに、一緒に探してもらおうと思ってさ。おやす、あんた、あの子が行きそうなとこをどこか知らないかい」

やすは前掛けを外し、手早く鍋の片付けにかかった。

「ちょっと待っててください、すぐに一緒に行きます」

「おやす、片付けなんかいいから、俺がやっとく」

「どこか心当たりがあるのかい」

「いいえ。でもおちよちゃんは、遠くには行ってないと思います。おちよちゃんが品川を出て帰るところは土肥しかないけど、あの体で土肥に帰ってもどうにもならないことはわかってるはずです。おちよちゃんは、怖くなっちゃっただけだと思うんです」

やすはおしげさんと共に、提灯を手に大通りに出た。

「怖くなって、思わず逃げてしまった。でもどこに行けばいいのかわからない。おちよちゃんは今頃、どこかの軒先にでもうずくまって、どうしたらいいのかわからずに途方に暮れていると思います。わたし、ここから東の方に向かって探します。おしげさんは反対の方を探してください」

「あいよ」

「見つけたら、ひとまずおしげさんの長屋に連れて行きますね。大丈夫です、おおびけの太鼓まではまだ時がありますから、人の通りは多いです。きっと見つかります」

やすは小走りに、高輪の方へと向かって大通りを進んだ。通りに面した店はまだほとんど開いていて、客を呼び込んでいる人もいる。遊郭のあたりは特に賑やかで、酒の勢いを借りた男たちが上機嫌で歌など歌いながら、千鳥足で歩いていた。女ひとりでそんな中を通れば、酔った男に絡まれる。おちよちゃんもそれを避けて、横道から海の方に出たかもしれない。

だが海の方に向かうとあたりは真っ暗で、道がどこにあるかもわからなかった。おちよちゃんは提灯を持って出ただろうか。おそらく何も持たずに飛び出してしまっただろう。

やすは引き返してまた大通りを歩いた。提灯を持たずに歩けるとしたら、大通り沿いしかない。

酔客に目を付けられないように下を向いて遊郭の前を小走りに通り抜けると、左右の道端に目を凝らしながら進んだ。

おちよちゃんに、あてなんかないはず。まだ品川に来て一年も経っていないし、紅屋の人以外に知り合いがいれば、その話を一度くらいは聞いていただろう。が、流れ者の博打うちといい仲になっていることは隠していたくらいだから、わたしに話してくれなかったこともたくさんあるに違いない。

それでも、中条流から逃げ出したことは突然の思いつきだったはず。

おちよちゃんは、やっぱり迷っていたんだ、とやすは思った。自分に納得させたつもりでいても、ややこを流すことを本当は納得していなかった。けれど、だったらどうしたらいいか、いくら考えてもわからずに、とうとう今日が来てしまった。今頃は、またどうしたらいいかわからないまま、どこかに座ってぼんやりしているだろう。

座りこんで考えるならどこがいいかしら。

わたしなら……神社の石段。神社ならば灯籠（とうろう）に火が灯（とも）っているかもしれない。ああ、でも違う。以前におちよちゃんは、夜の神社は怖いと言っていたっけ。神様が夜中に奥から出ておいでになって、その姿を見たりしたら祟（たた）られそうだ、なんて。おちよちゃんのことだから、あまり人がいない寂しいところにはいないだろう。人がいて、賑やかだけれど、うるさく声を掛けられたりしないところ。

ちょっと待って。

この時間に遊郭や大通り以外で賑やかなところって……

あ。

やすは走り出した。

そうだ、あそこなら。きっと今夜も人だかりがしているだろう。見物客に混ざって河原に座り込んでいれば、余計なちょっかいも出されずにぼんやりできる。そしておちよちゃんのことだから、ちょっと面白そうだ、くらいは思っているかもしれない。

やすは一目散に、境橋（さかいばし）へと駆けた。

境橋は思った通り、大変な人だかりだった。幽霊騒動が続いているのだ。一本柳のあたりは人が多過ぎてよく見えないが、何かが行われているようだった。

やすは人の背中に向かって叫んだ。

「すみません、何があったんですか！」

恰幅（かっぷく）のいいおかみさんが振り返った。

「何がって、今から柳の下を掘るらしいよ」

「こんな夜にですか」

「昼間掘ったんじゃ、幽霊は正体を見せないだろうって」

「ちげえよ。番屋に届けがあったんだよ。柳の下の地面から、人の手が出てるってさ」

横にいた町人髷（まげ）に羽織の旦那が言った。

「ほんとかい！」

おかみさんは大声を上げる。

「ほんとにあそこに、亡骸が埋まってるのかい！」

やすは怒鳴りあうようにして喋っている二人から離れ、なんとか前が見渡せる川岸まで進んだ。手に手に提灯をさげた人々がぎっしりと川岸を埋めている。柳の木は向こう岸にある。一本柳と呼ばれてはいるが、大きな古木の脇に背の低い柳も生えていた。その柳の木からぐるりと縄が張られていて、人が近づけないようにしてあった。縄の内側には鍬を手にした人足風の男が数人、それに武士姿のお役人も立っている。番屋の当番らしい法被を着た男が、何かしきりにお役人に話しているが、何を喋っているのかまでは聞こえない。

見物客たちは口々に、早く掘れだの、幽霊はまだかなどと勝手なことを言って囃し立てていた。まるで見世物だ。そこに人の亡骸が埋められているかもしれないというのに、皆楽しんでいる。

黒船がやって来て、太平の世は終わった。大地震で、人々の生活は壊れてしまった。人の心も一緒に壊れてしまったのかもしれない。皆、半ば自棄になったように、とにかく目の前の楽しみに溺れたがっている。

あっ、おちよちゃん！

　人の数がまばらになっているあたりに、白い着物を着て草の上に座りこみ、膝を抱えている女の姿が見えた。あの着物には見覚えがある。ちよが故郷から持参した一張羅。町娘の着物としてはごく上等な絹織物で、細かな萩の花が染められていた。あんないい着物を着て、ちよは中条流へ行った。やすの胸が締め付けられるように痛んだ。それがちよなりの、流されてしまうややこへの思いだったのだ。

　やすは人混みをかき分けて川岸を歩き、ちよが座っている土手へと降りた。

「おちよちゃん」

　そっと声をかけると、ちよが顔を上げた。その手には、寒天の竹筒が握られていた。

「おやすちゃん……」

「ここにいたんだ。おしげさんがとっても心配してるよ」

「うん」

　ちよは素直にうなずいた。

「ごめんなさい。おやすちゃん、これ美味しいね。あたい、二つも食べちゃった」

　ちよは空っぽの竹筒をやすに差し出した。それを受け取った時、思わずやすの頬に涙がこぼれた。

「よかった、気に入ってくれて」

「すごく気に入った。また作ってね」

「うん。また作るね。本当はもっと美味しいものも考えてあるんだよ。おちよちゃんに食べてもらいたくて。……おちよちゃん、幽霊見たかったの？」

「大通りを歩いてたら、柳の下を掘るって誰かが喋ってるのが聞こえてさ。でもずっと待ってるんだけど、なかなか掘らないの。なんだかね、手が地面から出てるって言うんだけど、そんなもの見えない。おやすちゃんもここに座って、見物しない？」

「うーん。わたしはいいや。本当に亡骸なんか出て来たら腰が抜けちゃうもの。おちよちゃんも、いつまでもこんなとこに座ってたら体が冷えるよ。それにせっかくの着物が汚れちゃう」

「そうだねえ。いつまで待ってても掘らないし、きっと何も埋まってないだろうし、もういいか」

「おしげさんとこに行こう」

「おしげさんとこ？」

ちよは、すがるような目をしていた。

「行ってもいいの？　お医者に戻らなくて……いいの？」

「とにかく今夜は、おしげさんとこに。おしげさんの部屋は狭いけど、上に掛けるお布団があるんだよ。おしげさんが給金を貯めて買ったんだって」

　ちよはゆっくりと立ち上がった。やすはちよの着物に付いた草や枯葉を払ってやった。

「あたい、怖くなっちゃったの」

「うん、いいよ、今は話さなくて」

　並んで歩きながら、やすはちよの手を握った。

「話したいの。聞いてくれる？」

　ちよは話し続けた。

「夢を見たんだ。夢の中でさ、あたいは大奥様より歳をとってた。おばあさんになってた。海の、波の音が聞こえていた気がするんだけど、あれは品川の海の音じゃなかった。土肥の、西伊豆の海の音だった。それであたい、夢の中で思ったんだ。ああ、これはあたいの、ずっとずっと先の世なんだな、って。おばあさんになったあたいは、きっともうすぐ死ぬんだな、って。故郷で死ねるってことは、ちゃんと旅籠の女将になったんだな、って。夢っておかしいよね、すごく変なことでも、夢の中ではそんなもんかって思えるんだ」

「きっと可愛いおばあさんだね、おちよちゃんなら」

「どうかなあ。鏡は見なかったから、どんな顔になってるのかはわからなかった。でもきっと皺くちゃだよね。でもさ、そんなあたいの前に、立派ななりをしたお金持ちふうの男の人が座ってたんだ。町人髷だったけど、上等の羽織ものでさ。で、その人が言ったんだ。……おっかさん、ありがとうございました。あたしを産んでくだすって……って」

やすは足を止めた。ちよも並んで止まった。

「おちよちゃん……」

「あたいは夢の中で、ああこの人があの時産んだ子供なのか、と思ってた。ああ、産んどいてよかった、流さないでよかった、って、思ってた」

「……おちよちゃん、産みたいの。産みたいんだね？」

「産みたくないよ。だって産んだらもう、土肥にも帰れないし、紅屋にもいられないもん」

「でも」

「夢は夢。目が覚めたら朝になってて、ああ、これからお医者に行くんだなあ、って思った。でも得した気分だったな。二度と会えないけど、あたい、お腹のややこに夢で会えたから」

「おちよちゃん、もう一度訊くよ。本当のこと、答えて。おちよちゃんは、ややこを産みたいんじゃないの？」

「そんなこと答えたって、どうにもならないよ」

「ううん、そんなことない。本当に産みたいなら、きっと何か方法はあるはず」

「そんなの、ないって」

「考えもしないうちから決めたらだめ。考えようよ！」

「いくら考えたって仕方ないから、流すって決めたんだよ。もう考えたくない」

「でも、逃げたじゃないの。流したくなくて、自分の足で逃げたじゃないの！」

「ただ怖かっただけだってば。お腹の中のややこを引っ張り出すなんて、怖いもの。痛そうだし、死ぬことだってあるらしいし、怖くて当たり前でしょ。怖かっただけだってば！」

ちよは、やすの手を振り払って早足になった。

やすはしばらく黙って、ちよのあとを歩いた。

正夢かもしれない。ふと、やすは思った。

夢の中で、ちよの息子をちよは初めて見ていた。自分で育てた子供なら、大人になった姿を初めて目にするというのはおかしい。

そうだ。夢の中で、ちよの息子はどこかに預けられ、誰かに育てられた。そして立派に育って、歳老いた母親のところにやって来たのだ。

「おおーい、亡骸が出たぞお！」

誰かが背後から走って来て、通りにいる人たちに誰かれ構わず伝えた。

「柳の下に埋まってたのは、男だったってよお！」

通りが騒然とした。境橋に向かって走り出した人もいる。

やすは内心、ホッとしていた。おまきさんの姉さん夫婦の長屋にいた気の毒な娘さんではなかった。

「ほんとに埋まってたんだ」

ちよは口元を押さえた。

「やだ、吐きたくなっちゃった」

「大丈夫、おちよちゃん」

「うん」

ちよは、とんとん、と胸を叩いた。

「物騒だね、品川も。やっぱり人殺しかしら。でも変だね。幽霊は女だって聞いたんだけど、埋まってたのは男だって」

「人殺しなら、下手人はすぐあがるでしょう。埋まってた人が誰なのかわかれば」

「でもとっくに逃げちゃったよ、きっと」

「そうかもね」

「あ、わかった！」

「何？」

「埋まっていたのが男だったのに、幽霊が女だったわけ。幽霊女は、その男のおっかさんなんだよ。とっくに死んでたおっかさんが、殺されて埋められちまった可哀想（かわいそう）な息子を誰かに見つけて欲しくて、下手人を捕まえて欲しくて、それで幽霊になって現れたんだ！」

「でも幽霊って、成仏しちゃうとなれないんじゃない？　亡骸の人のおっかさんも、成仏し損ねてたのかしら」

「息子の仇（かたき）がとりたくて、一度は成仏したのに戻って来たんだよ。ほら、出家したって還俗はできるでしょう、だからきっと、成仏しても幽霊になって戻ることはできると思うなあ」

ちよの突飛な考え方に、思わずやすは笑った。けれど、そこまで強い母の思いを、ちよは自分のことのようにわかったのかもしれない、とも思った。

ちよは産みたいのだ。お腹の子を、殺したくないのだ。

なんとかできないのだろうか。自分で育てるのは無理だとしても、産んで養子に出すことはできないはずがない。

ちよの実家にわからないように、こちらで産んで養子に出せば？

だが、腹が大きくなってしまえば紅屋にいることはできなくなる。

長屋に着くと、おしげさんはまだ戻っていなかった。やすは行灯に火を入れた。いつもこざっぱりと片付いた小さな部屋だった。おしげさんが自分で縫った座布団が二枚。ちよはちゃっかりとそのうちの一枚を尻に敷いて座った。

「ほんとに狭いね」

ちよが言った。けれど、小馬鹿にしたような言い方ではなかった。狭くても、ここが居心地のいい場所だということは、ちよにも伝わっている。

「おしげさんは、ここで毎日毎日寝起きしてるんだね、一人で。寂しくないのかな」

「紅屋に行けばみんないるもの。ここに戻るのは夜だけでしょう。夜は寝るだけだから、寂しくはないと思う」

「そうかなあ。おしげさんは、なんでお嫁にいかないんだろうね」

「さあ。でも女中頭の仕事はとても大変だから」

「あのままずっと一人で、そのうちにおばあさんになるんだよ。紅屋で働けないくらい歳をとったらどうするの？」

「おしげさんはしっかりしてるから、お給金を貯めているでしょう。紅屋をおいとましても、何か小さなお店(たな)でも開けるくらいは」

「あたしは嫌だなあ。あたしは、田舎(いなか)の婿(むこ)養子でもいいよ、旦那さんと呼べる人と所帯を持つの。一人ぼっちで歳をとりたくない」

「おしげさんにはおしげさんの、生き方があるんだと思う。わたしはなんとなくわかる。多分わたしも、似たような生き方をすると思うから」

「おやすちゃん、お嫁にいかないの？」

やすは言った。

「いかない」

「なんで?」

「どこにもいきたくないの。ずっと紅屋のお勝手にいたい。そのうちにはお給金を貯めて、長屋に入れるように番頭さんにお願いするつもり。それでこんなふうな、狭くても気持ちのいい部屋で暮らして、紅屋で働き続けたい」

やすは、ようやく自分の気持ちを言葉にした。そうして言葉に出してみれば、それはごく当たり前のことのように耳に響いた。

これでいいのだ。おしげさんのように生きればいい。そう思うと、お腹のあたりが温かくなった。

一人でも寂しくなんてない。紅屋のお勝手に入れば、包丁が、鍋が、皿が、野菜が、魚が、豆腐が、待っていてくれるから。


「おやす、戻ってるかい」

おしげさんの声がした。

「おちよ!」

「おしげさん、ごめんなさい、あたい」

おしげさんはちよに飛びついた。そしてその体を、しっかりと抱きしめた。

「おちよ……おちよ、良かった。良かったよ、あんたが無事で。本当に良かった……」

わあっ、とちよが泣き出した。

まるで幼い子供のように、ちよはただただ、泣きじゃくった。

六　決心

ひとしきり泣いてしまうと落ち着いて、ちよは、お腹がへった、と言ってやすとおしげさんを笑わせた。おしげさんはお湯を沸かし、朝炊いた白いご飯を湯漬けにしてちよに食べさせた。おしげさんも糠漬けの樽を持っていた。やすは、いい具合につかった瓜を切り、小皿にのせて出した。時々泊まりに来るおしげさんのうちは、やすにとってすでに馴染んだ場所だった。

「おしげさん、毎朝早起きするんですね」

ちよがふと、思いついたように言った。

「ちゃんとご飯、炊いてから紅屋に来てるんだ」

「あたしゃ、朝餉だけは自分のとこで食べたいんだよ。紅屋でひと仕事終えてからみんなで食べるのも美味しいけどさ、起きてからあまりたつとお腹が減りすぎて気持ち悪くなっちまうたちなんでね。まずご飯を炊いて、炊きたてのご飯に糠漬けで一杯食べてから出かけて、ひと働きしてさ、それからみんなと一緒に二度目の朝餉をいただくのが、あたしの楽しみなのさ。それにご飯さえ炊いておけば、そんなふうに湯漬けにしていつでも食べられるだろ。夜中にふと目が覚めて、あれま、お腹がへってるよ、って思うこともたまにはあるからね」

「おしげさんって、そんなに食いしん坊だったんだ！」

「食いしん坊とはなんだい、食いしん坊とは」

おしげさんは笑った。

「あたしはおちよの倍は働いてるんだから、倍は食べたって罰は当たらないよ。でもねえ、そんなあたしでもここんとこ、心の病で食が細くなっちまったんだよ。幸安先生の薬が効いて、だいぶ食べられるようになったけどね」

「心も病にかかるんですね」

「そりゃかかるさ。心だってからだの一部なんだからね。おちよ、あんただってもっと正直にならないと、心の病にかかっちまうよ」

「正直に……」

「ややこのことだよ。流したくないんならなんでそう言わないのさ」

「……流したくないんじゃない……」

「でも産みたいんだろ」

ちよは箸を置くと、自分の膝を睨むように下を向いた。

「……正直に言っても、叱りませんか？」

「なんだい、おちよはこずるいね。先にそうやって構えられちまったら、いいや叱るかもしれない、って言えないじゃないか」

おしげさんは笑いながら、小さな棚の上から壺をおろした。

「ま、これでもお食べ。手を出して」

おしげさんは、箸で壺の中から何かをつまみ出し、ちよの掌にのせた。

「小梅だよ。小梅の砂糖漬けさ。お客に出せないようなちっちゃな実を、梅仕事の時に女中たちで分けるんだ。あんたは今年、梅仕事を怠けてただろ。真面目に仕事すれば時には得することもあるんだけどねえ」

「へたを楊枝で取るのがめんどくさくって。実をついちまうんですよ、あたいがやると。実を傷つけたらいけないって叱られたんで、あたいは手を出さない方がいいだろうと思ったんです」

ちよはそう言いながら、ちゃっかり小梅を口に入れて、にっこりした。

「美味しい」

「そのまま食べたら酸っぱくて渋くて、時にはお腹を壊すこともある青い梅も、砂糖に漬けてしばらく待てば、こんなに美味しくなるもんさ。あんたみたいに女中としては役立たずで怠け者でも、精進すればきっと、旅籠のいい女将さんになると思うよ」

「そうでしょうか。あたいは何をやってもだめなんです」

「そんなことない」

やすは思わず口を挟んだ。

「そんなこと、ないよ。前にも言ったでしょう、おちよちゃんには物事を工夫する力もあるし、人を思いやることもできるって。旅籠の女将になるなら、それは大切なことだよ」

おしげさんもうなずいた。

「あんたは自分で言うほどばかじゃないよ。むしろ、頭はよく働く。器用不器用で言えば不器用なんだろうが、それだってどうしようもないってほどじゃない。自慢じゃないが、あたしがここに連れて来られた時は、もっと役に立たなかった。弟を引き取ることになって、とにかくここで働いて生きていくしかないんだって腹を括(くく)ったから、今のあたしになれた。おちよ、あんたも腹を括ったらどうだい。田舎に戻ってもう一度、あんたの継母(ままはは)に弟子入りするのさ」

「あの人に、弟子入り？」

「あんたの継母は心根は悪いが、旅籠の切り盛りは凄腕(すごうで)らしいじゃないか。それならその継母に喰(く)らいついて、腕を盗むんだよ。どっちに転んだってあんたは正当な跡取り娘なんだから、いずれその旅籠はあんたのものになる。その時になって継母に頼らないと旅籠がやっていけないようならあんたの負け。継母を隠居させてあんたが女将になれたらあんたの勝ちさ。そのくらいの気概があれば、田舎に帰ってもなんとかやっていけるだろう？」

「でも……」

　ちよは自分の腹のあたりに視線を落とした。

「ややこは産めばいい」

「えっ？」

「産めばいいんだよ。産みたいんだろう？　ただ、育てたくはない。それがあんたの本音なんだろう？　さっき言いかけた、正直な気持ちは、それなんだろう」

「そ……育てるのは、無理です。あたいにはできません。子供抱えて生きていくのは、あたいには……」

「母親ってのは強いもんだよ。あたしは母親になったことがないが、弟を母親代わりに育てたからある程度はわかる。守りたいものがあれば、人ってのは強くなれる。あんただってその気になったらきっと、子供を育てて生きていけるよ。でもそれが幸せへのたった一つの道だとは、あたしは思わない。人はそれぞれ幸せが違うもんさ。あんたが子供を産んで育てる自信がないなら、無理にあんたの背中に赤ん坊を背負わせることがいいことだとは思えないんだ。だからね、おちよ、あんたがそうしたくないなら、子供は育てなくていいとあたしは思うよ。でもあんたは産みたい。と言うより、流したくない。その気持ちにも嘘はないってあたしにはわかる。それこそ、あたしにはきっと永遠にわからないことなんだろうが、自分のお腹の中にいる命を殺しちまうことが、どうしてもできない女だっているだろうよ。それもまたどうしようもないこった。そんなあんたのお腹から無理に水子を引きずり出すような真似は鬼にだってできやしないよ。つまり、あんたはその子を産む。そしてその子は……あたしが育てる」

ええっ？

ちよが目を丸くした。やすもあまりに驚いて、洗っていた飯茶碗を水桶の中に落としてしまった。

「お、おしげさん……？」

「何をびっくりした顔してるんだい。あたしはご覧の通り長屋で一人住まいの気楽な身だよ。紅屋からは生きていくのに充分な給金をいただいてるし、ちょっとくらいの貯えもある。赤子の一人くらい育てる甲斐性はあるってもんだ。そりゃ産んでないんだからお乳は出ないが、そこは伊達に長屋暮らしが長いわけじゃない。長屋のおかみさんたちに声かけて、今赤ん坊にお乳をあげてる若い母親を見つけてもらって、あんたが産んだ子にもお乳をあげて貰えばいいさ。お乳代はちゃんと払うし、もうちょっと手間賃を払ってあたしが仕事から帰るまで面倒もみて貰えばいい。長屋の若い母親は、子供に手を取られて内職もままならないからね、乳母の仕事なら喜んでひき受けてくれるんだよ。一年もしたらお乳もいらなくなる、そしたら背中に括りつけて紅屋に出かけて、あたしが働いてる間は女中部屋にでも寝かせておくさ。ぴーぴー泣いたら、頼まなくたって政さんが駆けつけてあやしてくれるよ」

おしげさんはそう言って、ははは、と笑った。

「ま、そんな勝手は番頭さんも若旦那もゆるしちゃくれないだろうけどね。だったら里子に出せばいい。お乳を飲まなくてもよくなれば、貰い手はあるだろうさ。ちゃんと調べて、しっかりした親のいるまともな家に里子に出せば、きっと幸せになれるよ、その子。あたしが責任もって里親を見つけるよ。でもね、おちよ、あんたは産んだ子に情がわいて未練が残る前に、田舎に帰るんだ。田舎に帰ってしっかり修業して、いつか継母よりも役に立つようになって、旅籠を継ぐ。それが、産んだ子を捨てるあんたにできる罪滅ぼしだよ。いつの日か、立派に育ったあんたの子があんたの消息を尋ねて土肥に行った時、あんたが立派な女主人になっていれば、言い訳も立つってもんだ」

「……おしげさん……」

「みんなには病気が重くて手術のあと療養が必要だってことにして、紅屋からはお暇を貰うしかないね。でも番頭さんや若旦那には本当のことを話しておいたほうがいいだろうね。どのみちあんたのお里と紅屋とは親戚なんだから、下手な嘘ついちまうとややこしくなる。本当のことを打ち明けた上で、あんたの実家には子供を産んだことを内緒にしてもらうのがいいと思う。あんたのことは子供が生まれるまで、知り合いの尼寺であずかって貰うよ。産後のからだが長旅に耐えられるくらい戻ったら、土肥にお帰り。悲しくても辛くても、産んだ子と一緒にいるのは半月だけだよ。それより長くなったら離れられなくなるかもしれない。どうだい、それでいいかい？　それでいいんなら、その覚悟があるんなら、もう中条流にはいかなくていいよ」

ちよは、おしげさんの言葉を牛が草を食むように何度も噛み締めているようだった。どう返事をしていいのかわからないのか、大きく見開いた目がぐるぐるとあたりを見回している。だが次第にその意味が呑み込めて来たのか、それまで白く頼りなかった顔が桃色に染まり出した。

やすは、そっと言った。

「よかったね、おちよちゃん」

「おやすちゃん……よかった……のかな。本当に、そんなことしてもらっていいのかな」

「いいと思うよ。おちよちゃんにとっては、今はそれがいちばんいいと思う。おちよちゃんはややこを流したくないんでしょう？　産んであげたいんでしょう」

ちよは不思議そうな表情でやすの顔を見ていたが、やがて、大きくうなずいた。

「産みたい。あたい、ややこを産みたい。流したくない。でも産みっぱなしで育てられないなんて、言ったらだめだと思ってた。育てられないなら流すしかないんだって。本当にいいの？　産んでから育てないで、里子に出しちまって、それでいいの？」

「それでいい、なんてことは誰にも言えないよ」

おしげさんが言った。

「母親なんだから産んだら育てるのが当たり前だって、誰に訊いたってそう言われるだろうさ。だけど世の中には、生まれてすぐに里子に出される赤ん坊なんかいくらでもいる。それでその子らがみんな不幸になるわけじゃない。立派な里親に可愛がられて育てられ、きちんとした大人になる子のほうが多いんだよ。どんな人生になるにしたって、その子次第なのさ。だけど流されちまったらそれでおしまい、その子にははなから人生なんてものがないわけだ。どっちがいいのかって言われたら、あたしなら、とにかくこの世に生まれさせてあげなよ、って答えるね。いいかい、おちよ。あたしはおまえの為(ため)にそうしろって言ってるんじゃないんだよ。おまえのお腹ん中のややこにとっては、そのほうがいいと思うから言ってるんだ。あんたは男に惚(ほ)れただけだろうが、それで子を孕(はら)んじまった以上は、それはあんたのせいなんだよ。あんたは誰にゆるされるわけでも、誰に助けられるわけでもない。産んだ子を捨てるって罪を背負って、これから生きていくんだよ。そのことは、誰にもどうにもしてやれない。それを背負う覚悟がないのなら、産んじゃいけない。一晩、ここでしっかり考えなさい。明日、どうしたいか自分の頭で考えて決めたことを、もう一度あたしに聞かせておくれ。さ、そろそろ寝る支度をおし。あたしは早起きなんだからね、おちよも一緒に起きてもらうよ」

「じゃ、わたしは帰ります」

洗い終えた飯茶碗を片付けてやすが言った。

「ええっ、おやすちゃん、泊まってってくれないの？」

「お布団が一組しかないんだもの、三人は無理よ」

「くっついて寝れば大丈夫だよ。泊まってってよ」

「おやす、そうおしよ。若い女がこんな夜に外をうろつくもんじゃない」

「でもまだ大びけ前だから、大通りは明るいし大丈夫ですよ」

「酔っ払いが千鳥足になる頃だ、絡まれると厄介だよ。布団は一組しかないけど座布団は二枚ある。それを布団の横に敷けば、三人くらい寝られるよ」

「おおい、おしげさん。おしげさんいるかい」

男の声がした。番頭さんの声だった。

「はいはい」

おしげさんが答えると、ガタガタと引き戸を開けて番頭さんと政さんが顔を出した。

「あ、おちよ！　良かった、お前さん、無事だったんだね」

「おやすが見つけて連れて来てくれたんですよ」

おしげさんが目配せしたので、やすはおしげさんについて外に出た。番頭さんと政さんも外に出る。

おしげさんが声を低めた。

「おちよは大丈夫ですよ。もうだいぶん落ち着きました」

「やっぱり怖かったんだろうね。ややこを流すのは。それで、決心はついたのかい」

「いえね、番頭さん。もうこの際、赤子は産んだほうがいいんじゃないかって。おちよも本当は産みたいんです。でも産んだ後どうするか、育てる覚悟がないんですよ。そう言えば勝手なことを言うなと叱られるから、言い出せない。だけど、腹の中にいる子をどうしても流せない女がいたって、それは仕方のないことでしょう。無理に流させて、万が一あの子の命に関わるようなことにでもなったら……」

「しかしててなし子を抱えて土肥に帰るわけにはいくまい」

「ええ、だから里親を探してやったらどうかって。子を欲しがってる夫婦はたくさんいます。探せばいい里親はきっと見つかりますよ。だったら何も、無理に流させることはないでしょう」

「だがそれだと、せっかく痛い思いをして産んだのに、おちよは自分の子とすぐに別れることになるよ。本人はそれを承知しているのかい」

「一応、わかったようです。けどまあ、実際に産んだ後でおちよの気持ちにどんな変化が出るものかはわかりません。わからないけど、自分で育てられないなら里子に出すしかありません。その時になったらよくよく言い含めて納得させるしかないでしょうね。それと問題はあの子の実家です。紅屋の親戚ですからね、大旦那様に内緒でことを進めるわけにはいかないでしょうね。あの子が赤子を産んで、その子を里子に出したってことを、あの子の実家に内緒にしてもらえるかどうか」

「内緒にしないとまずいかね」

「やっかいな継母がいるんでしょ？　てなし子を産んだことをその女に知られたら、それを理由に追い出されちまうかもしれない。一生秘密にってわけじゃない、ただあの子が実家の旅籠を継いで女将としてやっていけるようになり、継母に追い出される心配がなくなるまで隠しておいてやれないものかと思うんですよ」

「なるほど」

番頭さんは腕組みした。

「子供を欲しがっている夫婦は探せば見つかるだろうし、おちよがそんなに嫌なら無理に流せとも言えないね。産ませて里子に出すのは、一案だ。しかし実家にどう伝えるかあるいは伝えないかは、大旦那様の判断ってことにするしかあるまい。仮に大旦那様が、内緒にはできないとおっしゃれば、その継母にどんな仕打ちをされるか心配でも伝えるしかないよ」

「へえ……まあそうですねえ」

「ま、それで実家に戻れなくなっちまったらその時はその時、大旦那様はおちよのことを可愛がっているからね、きっと身の立つように考えてくださるだろう。しばらく紅屋で預かってから、いい相手を見つけて嫁がせることもできるだろうし」

「わかりました。そのことは番頭さんにお任せします」

「それで、おちよをどこにおくつもりだい。まだ産み月までしばらくあるだろう」

「幸安先生のお見立てでは、いま三月くらいだそうですよ。わたしの知ってる尼寺なら、ててなし子を産む女を預かってくれますから、そこに訊いてみようかと」

「こちらでもいろいろあたってみるよ。里親探しも早い方がいいだろうな」

「今夜はうちに泊めて、明日は紅屋に戻します」

「よろしくお願いしますよ。おやす、お前さんはどうする？」

「帰ります」

　やすはおしげさんに頭を下げた。

「政さんと番頭さんがいれば夜道も安心ですから」

「そうだね。おやす、今夜はご苦労さま。あんたのおかげでおちよが助かったよ」

「いいえ、おちよちゃんは元々、おしげさんのとこに行くつもりだったんじゃないかと思います」

　おしげさんは大袈裟（おおげさ）に肩を上下させた。

「あたしにはあの子は手に負えないよ。でもまあ、嫌がるものを無理に中条流に引きずってくことはできないしね」

「おしげさん」

「なんだい」

「さっきのこと……おしげさん、本気なのかと思いました。びっくりしたけれど、なにか一瞬、それもいいかな、なんて」

「さっきのことって……ああ、あれかい」

おしげさんは笑顔になった。

「あたしも思いつきで口にしてみて、ほんのちょっとだけどね、それもいいかな、なんて思っちまったよ。あたしゃきっと、弟が一人立ちしちまって退屈してるんだね。幸安先生が猫の子でも布団に入れて寝なさいなんて言ったもんだから、ちょっとその気になってたとこさ。赤子と猫を一緒にしたんじゃ仏様に叱られそうだけど、赤子が目の前にいるんなら育ててみてもいいな、なんてね、考えちまったんだよ。だけど赤子は猫じゃない。小さいうちはいいとしても、どんどん大きくなれば親の役目も大事になる。簡単に、あたしが育てるなんてことは言ったらいけない」

「へい。でもおしげさんなら、きっといいおっかさんになると思います」

おしげさんは、何かを振り払うように手を振って黙って部屋に戻った。

「さっきのことって、なんなんだい」

やすと並んで歩いている番頭さんが訊いた。

「おしげが珍しく、なんだか照れてるような顔をしていたねえ」

「へえ。おちよちゃんが本当はややこを産みたいのだと見抜いたおしげさんが、産めばいい、育てられないならその子はあたしが育てる、って言ったんです」

「へ？　おしげが？」

「へえ。お乳を飲んでるうちは乳母を頼んで、お乳を飲まなくてもよくなったら紅屋に連れて来て、女中部屋にでも寝かせておくって」

「なんだそりゃ」

先頭で提灯をさげている政さんが言った。

「おしげは何を言い出すんだ」

やすは笑った。

「泣いたら政さんが飛んで来てあやしてくれる、って言ってました」

「何を勝手なことを」

そう言いながら、提灯に照らされた政さんの顔は、なんとなく嬉しそうに見えた。

「もちろん本気じゃなくって、はったりみたいなもんだったんです。そうやってびっくりさせてから、里子に出す話を持ち出して。でも一瞬、わたしもおちよちゃんも本気にしちゃって、だから、里子にって話になって、ふう、と気が抜けて。おかげでおちよちゃんも、里子に出すって落としどころを呑み込めたようでした」

「そりゃ、政さんに包丁持ってあやされるよりは里親に育ててもらう方がいいに決まってます」

番頭さんも笑った。

「しかし、おしげも大胆なことを言うねえ」

「でもおしげさんは、半分くらい本気だったのかもしれません。弟さんが出て行って一人で暮らすようになってから、食欲が落ちたり体が冷えたりとあまり調子が良くないみたいなんです。なんて言うか……気持ちのはりみたいなものがなくなっちゃったせいじゃないかと」

「だからって、嫁いだこともない女に子供は育てられませんよ」

「そうでもねえんじゃねえですかね」

政さんが言った。

「お江戸では火事で親をなくした子供らを預かって育てている尼寺もあると聞きますよ。尼さんの中には嫁いだことも、孕んだこともねえお人もいるでしょうが、それでも子供は育てられる」

「まあそりゃ、尼さんはできるでしょうが。しかしねえ……確かにおしげは、女中頭でわたしや政さんの次にいい給金もいただいてます。子供の一人くらい育てる甲斐性はある。でもねえ、それも一日中紅屋で働いているから稼げるんだ。赤子が一人で留守は預かれないでしょう。おしげが働いている間、ずっと誰かに預けておかなくっちゃならない。長屋の誰かに頼むとしても、礼金を出さないとならないだろうし。……しかしそんなことを冗談にしろ口にしたってことは、おしげもそろそろ独り身が寂しくなって来たってことかねえ。三十路(みそじ)を過ぎた大年増(おおどしま)とは言っても、おしげはあれでよく見たらなかなかの器量良しだ。それに働き者で頭は切れる。今からでも本人が望むんだったら、良縁は見つかるよ。子供だってまだ産めないことはない。わたしの姉なんか、十七で嫁いで八人も子をなしたが、末っ子を産んだのは四十手前だったからね。それでも安産で元気な子を産みましたよ。おやす、おまえはおしげに気に入られてるようだから、おしげの気持ちを探ってみちゃくれないかい。おしげにそのつもりがあるんだったら、いくらでも骨を折って良い相手を見つけますよ。おしげをうちの嫁にって話は、あれが若い頃はひっきりなしに来ていたんだよ。なのにあの人はまったくその気がなくってね、あたしは生涯女中でけっこうでございます、ってさ、みんな断っちまった。まあそれも、弟を一人前にしようって意気込んでいたからだと思うが、もったいないくらいの良縁だってあったんだよ。その話を受けていれば、今頃はおしげも、熱海(あたみ)でかなり繁盛している大旅籠の女将さんになってたんだ」

「その話は初めて聞きました」

「おまえがうちに来る前の話だからね。熱海の海老屋(えびや)という大旅籠のご隠居さんが品川に遊びにいらして、政さんの料理の評判を聞いてうちにお泊まりになった。それでおしげの接客が素晴らしいと感激されてね、独り身と聞いて、それならぜひうちの息子の嫁にとおっしゃったんだ。後添えだってことだったが、それでもたいした良縁ですよ。なのにおしげは、まったく興味がありません、てな顔しててね」

「だが番頭さん、おしげがいなくなっちまったら紅屋が困るでしょう。おしげほど女中たちをうまくつかいこなす女中頭はいねえですぜ」

「それはそうだが、おしげの幸せを考えるなら、その気があるんだったら嫁がせてやるのがいちばんですよ。なんと言っても、女は誰かの嫁になって初めて、自分の生涯の居場所ができるもんです。女が歳をくって独り身というのはなんとも哀れなもんですよ。まあおしげもちゃんと老後のことは考えているんだろうから、紅屋をお暇したら品川より少し店賃の安いところに団子屋でも出して、そのうちにはどこかから養子をもらって、なんて思ってはいるんだろうが」

そんな話をしているうちに、紅屋に着いた。勝手口にまわると、十手持ちの助蔵さんが大石に座り込んでいた。

「やっとけえって来たかい」

「おや、助蔵さん。どうなさった」

「いやちょっとな。番頭さん、ちょっといいかな」

やすと政さんはお勝手に入った。

「十手持ちが今時分、なんだろうな」

政さんが眉をひそめる。

「もしかすると」

「なんだい。心当たりがあんのかい」

「いえ、おちよちゃんを見つけた境橋の柳のとこで、今夜、亡骸が見つかったって耳にしたもんですから」

「ああ、なにかそんなこと誰かが言ってたな。おちよのことで頭がいっぱいで、ちゃんと聞いてなかったが」

「本当かどうかわからないんですけど、柳の下から手が出てたんで掘ったら亡骸が、とか」

やすは身震いした。

「まさか紅屋に泊まったお客さんじゃないですよね」

「まさか、そんなこたないだろうが。それにしても物騒な話だな。ちょっと前から女中が騒いでた境橋の幽霊ってのは、その亡骸の亡霊なのかな」

「だとしたら、とにかく見つけて貰えたんだからもう化けて出ませんよね」

「さあなあ。埋められちまったたってことは、殺されたってことだろう。だとしたら下手人があがって打ち首になるまでは、幽霊の恨みは晴れねえだろうなあ」

「政さん、やめてください」

「なんだい、おやすは怖がりだな」

「そりゃ怖いですよ。ああやだ。政さん、お茶でもいれましょうか」

「俺はもう帰るからいいが、助蔵さんと番頭さんにいれてやってくれ」

「へい」

政さんは、ちよのことで中途半端になっていた後片付けの続きを始めた。やすもそれを手伝いながら湯を沸かし、番茶をいれた。小さな盆に湯呑みをのせて裏に出てみると、助蔵さんと番頭さんがまだ大石に座って何か話している。

「お茶でもどうですか。お番茶なんで、夜に飲んでも目が冴え過ぎません」

「おう、ありがとさん。あんたはおやすさんだったたな」

助蔵さんは湯呑みを手に取った。

「へえ、やすでございます」

「ちょっとあんたもいいかい」

「へえ」

「番頭さんから聞いたんだが、あんたはここの女中の、おちよさんと仲がいいらしいな」

「へえ、年が近いんで」

「だったらそのおちよさんが、賭場に出入りしていた金次ってやつといい仲だったのは知ってるかい」

　やすは番頭さんを見た。番頭さんはうなずいた。

「へ、へえ。でも少し前に、きっぱり別れたはずです」

「そうだってな。まあそれはいいんだ。別れたんならそれで」

「……何かあったんですか」

「うん、まあな。……境橋の柳の下から掘り出された亡骸の噂は聞いただろう」

「へえ」

「男の亡骸だったんだが、そいつが背中に錦の鯉のスミを入れててな」

「……すみ？」

「刺青だよ。見たことねえかい、肌を彫って色を擦り込むんだ。錦鯉ってのはスミの柄としちゃ珍しいから、そいつは金次じゃねえか、ってことになってな、まあ金次ってのは通り名で、本当の名前がなんてやつなのかはわからねえし、元々品川のもんじゃねえから素性も故郷(くに)もわからねえ。なんで金次と馴染みのあったもんに顔を確かめてもらうことに……」

「駄目ですっ」

やすは思わず叫んだ。

「お、おちよちゃんは今、からだの具合がよくないんです。そんな、亡骸の顔を確かめるなんてことさせたら、体に障ります。死んじまうかもしれない」

「ふう」

助蔵は茶を飲み干して湯呑みを盆に返した。

「今、番頭さんからもそう言われたとこだ。まあいいんだ、金次と馴染みだった女は他にもいる。金次がひいきにしていた女郎なら、金次の背中の彫りもんのことは詳しいだろう。そっちで確かめさせるよ。そうかい、おちよさんはそんなに具合が悪いのか。それじゃ、金次のことは伝えないでやったほうがいいだろうな」

「そうしてくださいよ、助蔵さん。別れた男が殺されて埋められていたなんて知らなくたっていいことだ。体が治ったら何かの折にわたしらの口から伝えますから」

「よし、わかった」

助蔵さんはようやく立ち上がった。

「そんなら俺はこれで。ま、金次ってのはろくでもねえ男だったようだから、博打で借金こさえてそれが返せなくて殺されちまったとか、そんなとこだろう。そっちの方から叩けばいずれ下手人もあがるだろうさ」

「ご苦労様でした」

番頭さんは、何か袂(たもと)から出して助蔵さんの手に握らせた。

「お、悪いな」

「たいしたもんじゃありません。こんな夜中までおつとめで小腹も空(す)きましょう、蕎麦(そば)でもたぐってくださいよ」

「おう。邪魔したな。おやすさん、茶をごちそうさん」

「おやす、わかってるだろうが、このことは」

「へい、おちよちゃんには決して言いません」

「まあ黙っていたところで、そのうち瓦版(かわらばん)でも出れば女中たちの噂になるからおちよの耳にも入るだろうが。こうなったら一日も早く、おちよを品川から出したほうがいいだろうね」

「品川から……」

「品川にいたんじゃ、聞きたくもないことばかり耳に入ってからだに障る。おしげの知ってる尼寺ってのはどこにあるのか、明日詳しく聞いてみよう。やれやれ、すっかり遅くなった。わたしは表の戸締りを確かめてから帰りますよ。おまえも今日は疲れただろうから、適当にして休みなさい」

「へえ」

　番頭さんと勝手口から入ると、政さんは包丁を研いでいた。

　番頭さんは政さんに挨拶(あいさつ)すると表へ向かった。番頭さんだけは、お客が出入りする正面から帰ることがゆるされている。遊郭の大びけも過ぎて、夜遊びに出た泊まり客も戻って来る頃だ。

「残りはわたしが研いでおきます。政さんはもう帰ってください」

「ここまでやったんだから、ちっとばかし残すのもなんだ、終わりまでやっちまうよ。助蔵さんは何の用だったんだい」

「あの……」

「茶を出しただけならすぐ戻って来られただろ。おやすは用もないのに他人の立ち話につきあって聞き耳を立てるような性分じゃねえからな」

政さんは何もかも見抜いていた。

「もしかして、境橋の柳の下に埋まってたのは、おちよの腹の子のてて親か」

やすは、ただうなずくことしかできなかった。

「やっぱりな。そんな気がしたんだ」

政さんは、包丁を見つめたままため息を吐いた。

「おちよはまったく、運のねえ女だな。できるだけおちよの耳には入らねえようにしないとな」

「へい。きっとお腹にも障ります」

「まあしかし、その男には気の毒だがおそらく自業自得ってもんだろう。おちよと腹の子にとっては、これで良かったのかもしれねえよ。押し込みの手先をしようとしたくらいだから、相当借金がかさんでたんだろう。生きてりゃまたおちよの前に現れて、金の無心をしたかもわからねえ。何かしでかして鈴ヶ森で首を晒されることにでもなったら、おちよにとっても腹の子にとっても、誰かに殺されて埋められたよりもっと災難になるとこだった。少なくともてて親が晒し首になった罪人でないってだけでも、腹の子は救われる」

「……おちよちゃんは、本当に好いていたんです」

「色恋ってのは理屈じゃねえからな。はたから見ればつまらねえ流れ者でも、おちよにとっては優しくて格好のいい男だったんだろう。何にしても、おちよの心の傷は時しか癒(いや)すことはできねえよ」

「いつかは忘れられるんでしょうか」

「さあなあ。それはおちよにしかわからねえことだろう。だがな、おちよはあれで、なかなか性根はすわってると俺は思う。自分の運のなさに負けちまうような女じゃねえ」

「へえ、わたしもそう思います。おちよちゃんは強いひとです」

「うん、あの子は強い。そう信じてやろう」

「番頭さんは、一日も早く品川を出たほうがいいだろうって」

「そうだな、品川にいれば知りたくない噂も流れて来る。どこか人の少ない、のんびりとできるところで産み月を迎える方がいい」

やすは政さんの手から包丁を受け取り、丁寧に水気をとって布でくるんだ。

「誰かを好きになるのって、怖いことですね」

やすは、独り言のように言った。

「頭で考えればわかることがわからなくなってしまう。見えているつもりでいて、何も見えなくなってしまう」

「そうだな」

政さんも、答えるというではなく、呟いた。

「確かに怖いことかもしれねえな。あんまり好きになり過ぎると、失った時はその辛さに耐えられねえしな。けど、楽しいこともたくさんある。誰かに惚れれば、いろんなものが綺麗に見えるようになるし、何を食っても美味く思える。生きてて良かった、と思える」

「政さんは……また誰かに惚れたいですか？」

「……そんなこと考えたこともねえなあ」

政さんは、はは、と笑った。

「俺はもう、そういうのは死ぬまでなしでいいや。楽しいことも苦しいことも、充分味わった。俺はこの先、料理のことだけ考えて生きていられればそれでいい。惚れたはれたに振り回されるのは、もうごめんだ。おやすはどうなんだい。絵師の先生のことはもう、忘れたかい」

「忘れてやしません」

やすは微笑（ほほえ）みながら言った。

「楽しい思い出ばかりなんです」

「だけどあの絵師の先生は、嫁さんを貰うんだろう。それが悲しくはねえのかい」

「ちょっとは、胸がずきんとしました。でも、もとからなべ先生のことはそういうお相手として想（おも）っていたわけではないんです。わたしにとっては、政さんと同じなんです」

「俺と同じ?」

「へえ。わたしにいろんなことを教えてくれる。知らなかったことを教えてくれて、わたしの目を開かせてくれる、そういう人なんです。なべ先生に出逢（であ）えて本当に良かったと思います。なべ先生のおかげで、黒い墨一色でも青い海を描くことができると知りました。政さんのおかげで、塩の加減一つで心を躍らせることができると知った、それと同じです」

「おやすは、もっともっと世の中の広さを知りてえんだろうな。おみねのように、料理人の枠にとらわれずに料理をしてみたいんじゃねえのかい」

「おみねさんに少し、憧（あこが）れはしました。えげれすの七味（なないろ）を知って、よその国の料理をもっと知りたいとも思いました。でも今は、まだその時じゃないように思うんです」

「まだその時じゃない……」

「わたしにはまだ、政さんや平蔵さんから教わることがたくさんあります。それを一つずつ教わって自分のものにします。えげれすの七味を使う前に、薬研堀を使いこなしたい。そこは急いでは駄目だと思うんです。わたしは自分がそんなに器用ではないとわかっています。おみねさんのように、ほとんど自己流であんなに美味しいものが作れるような才はありません。今は急がず、焦らずに、政さんと平蔵さんについていく。そう決めているんです」

「それはつまり、いつか俺や平蔵を超えていく、ということだな」

「いえ、そんな……」

「超えていくんだ。おやす、おまえならきっとそうなる。遠慮はいらねえよ。俺も平蔵も、おまえに踏み越えられるなら背中くらいいつでも貸してやる」

やすは、こみ上げて来たものをこぼれないように飲み込んだ。泣きたいほど嬉しいけれど、今は泣いてはいけない、と思った。

ありがたがって泣いている暇などないのだ。二人の背中はまだ遠い。

まだ、高い。

七　あぶら焼き

　数日後、ちよは番頭さんとおしげさんにつきそわれて品川を出て行った。表向きは、病気療養のために田舎に帰るということだったので、女中たちはあれこれとちよの病状について噂をし、気の毒がっていた。

「きっと、岩だよ」

　おさきさんがため息をついた。

「若い子のお乳の岩はたちが悪いって聞くよ。ああ可哀想に」

「労咳だって部屋付き女中たちは言ってるけど」

　おまきさんが身震いした。

「労咳はうつるらしいじゃないか」

「労咳ってのは、ひどい咳が出てみるみる痩せるんだよ。おちよはいくらかやつれてたけど、咳はしてなかった」

　やすは話には加わらなかった。口をすべらせて余計なことを言ってしまうのが怖かったし、おさきさんもおまきさんも、子供の頃からやすを見ているので、やすの顔色を巧みに読む。

それに、品川を出てどこに連れて行かれたのかまでは、やすも知らない。おしげさんが知っているという尼寺に行ったのか、それとも番頭さんか、大旦那さまのはからいで、どこか安心して子が産めるところに預けられたのか。いずれにしても、もうちよが紅屋に戻って来ることはないだろう。もう一度ちよに会いたかったけれど、それも叶う願いなのかどうか。

やすは、ちよのことを心から閉め出し、できるだけ考えないことに決めた。

その代わりに、やすには心が浮き立つようなこともあった。政さんが知り合いの鋳物職人に頼んで作ってもらった、鉄の鍋が出来てきたのだ。それはまさに、やすが欲しいと思っていた形をしていた。

平たくて、へりのところがいくらか立ち上がっている。形は四角でもいいかと思っていたのだが、出来てきたものは丸かった。

「丸い鍋なら七輪の上にのっければ、おさまりがいいだろう」

「へえ。これなら七輪にそのままのせられます」

「それにしても、こんなに浅くて本当にいいのかい。これじゃあ、鍋ってより、へりのある鉄板だなあ」

「浅いほうがいいんです。深いと、中で焼いたものから出た湯気がこもって、ぱりっとしません」

「なるほど。つまりこの鍋は、煮るためのもんじゃなくて焼くためのもんだってことだ」

「へえ。ここに油を薄く流して、熱くしてから烏賊を入れます」

「烏賊か」

「殻から外した貝や、海老も」

「直火じゃなく、油で焼くんだな?」

「へい! 油で、焼きます!」

そうだ。やすはもう一度あらためて確信した。自分が作りたいのは、油で焼く料理だ。清兵衛さんがお好きな油の味はするけれど、天ぷらのように衣が油を吸っていない。と言うより、衣をつけないので、烏賊や貝などが香ばしくなるはず。だが炭で焼いた香ばしさとは違う、油が焦げる香ばしさだ。それはきっと、新しい味、であるはず。

その平たい鉄の鍋をしっかりと胸に抱えて、やすは十草屋からの迎えの駕籠に乗った。

まだ清兵衛さんに食べていただく料理の半分しかできていない。でも政さんは、それでいいと言ってくれた。欲張ってあれもこれもと言ったところで、包丁もろくに握れないお小夜さまが作れるようになるには時がかかる。一度にあれもこれもと求められたら、お小夜さまが嫌気がさして投げ出してしまうかもしれないから、と。

とにかく、この料理は手間がかからず、お小夜さまでもなんとか作れるだろう、というところが肝心なのだ。

日本橋に着くと、お小夜さまはなんと、店の前に出て駕籠を待っていらっしゃった。

「あんちゃん、おそーい」

駕籠を降りるなりお小夜さまが抱きついた。

「小夜、待ちくたびれちゃった」

「へ、へえ。でも駕籠かきさんはとても急いでくださいましたよ」

「だって小夜、朝からずーっと待ってたんだもの」

お小夜さまは、やすの手を引っ張って店に入った。そうした仕草は、わがまま気ままなお嬢さまだった頃と変わらない。

だが店の中に入ると、働いている奉公人たちが一斉にお小夜さまに向かって頭を下げる。やすはどぎまぎしながらお小夜さまの後について行った。あんなみすぼらしい町娘が、うちのご内儀になんの用だい、と、非難されているようでいたたまれない。

以前は座敷に通されたが、今回はお小夜さまに案内されて台所に足を踏み入れた。まるで旅籠(はたご)か料理屋の台所のように広い。

「と、十草屋さんでは、宴会などもされるのですか」

やすがおそるおそるたずねると、お小夜さまは笑った。

「いやねえ、うちは薬種問屋よ、料理屋じゃないわ」

「で、でも、お台所が大きくて」

「奉公人が多いから、朝餉(あさげ)昼餉(ひるげ)の支度だけでも大変なのよ。住み込みが二十六人、通いが十八人、住み込みの小僧さんが六人。うち二人は女の子よ」

お小夜さまはすらすらと数えた。奉公人たちのことが、もうすっかり頭に入っているのだろう。

「まあ百足屋(むかでや)も人は多かったけど、旅籠の台所にはちゃんと料理人がいるものね。ここには料理人はいないの。朝餉夕餉(ゆうげ)の支度はお勝手女中の仕事なのよ。なのでお味の方がちょっと」

お小夜さまは眉(まゆ)を寄せた。

「まずいわけじゃないけれど、料理自慢の旅籠の賄いに比べたらだいぶ落ちるわ。でも料理人を雇えなんて贅沢なことは、さすがに言えないし。あんちゃん、十草屋に来ない？　あんちゃんが作ってくれるごはんを毎日食べられたら、清さんも大満足よ、きっと」

どこまで真面目に言っているのか、お小夜さまは笑ってはいなかった。

「お給金は清さんにお願いして、思い切りはずんでもらうわ」

「ありがとうございます。でもやすは、品川にいたいんです」

「日本橋が嫌い？」

「いえいえ、とんでもないです。でも」

「わかってるわよ」

お小夜さまは、笑顔で肩をすくめた。

「あんちゃんは女料理人になるんですもんね。どれだけお給金をはずんだって、今はあの、政一さんのところを離れっこない。小夜は時々、政一さんのことが憎らしくなるの。あの人がいなければ、あんちゃんを日本橋に連れて来られるのに、って」

お小夜さまは、やすが人生で一度も袖を通すことがないだろう、粋な薄紫色の小紋を着ていらっしゃった。江戸小紋の何かだろうが、やすには着物の知識などない。ただ、絹に細かく模様が描かれているその技を見るだけでも、大層に高価な品だろうと思う。しかしそれが今のお小夜さまには普段着なのだ。品川にいた頃は、世間では晴れ着とされる振袖（ふりそで）を普段着にしていたほどだから、今のお小夜さまの普段着がどれほど高価でも驚くにはあたらない。だがその姿で料理をするというのは無茶だった。

やすは抱えて来た風呂敷（ふろしき）包みをといて、たすきを取り出した。それでお小夜さまの着物の袖をしっかりと結ぶ。ついでに手ぬぐいで髪を覆ってさしあげた。

「あら、髪まで？」

「へえ、髪の毛が落ちるといけませんから。それでは、手を洗いましょう」

「はいはい。料理って大変ね」

「へえ、大変と思えば大変です」

やすは笑った。

「でも毎日の習わしになってしまえば、何も考えなくてもできますよ」

それからは、それこそ「大変」だった。お小夜さまはお嫁入りの前に料理も少し習ったと聞いていたが、実際に包丁を握ったことは日本橋に来てから数えるほどしかないらしい。この日料理するつもりのものは、あらかじめ手紙で知らせてあったので、きちんと下ごしらえまでして揃（そろ）っていた。立派な帆立貝（ほたてがい）は殻から外されていたし、烏賊も薄皮まで剝かれて用意されていた。もちろんそんなことをお小夜さまに教えても、すぐにできるとは思えないのでそれでよかった。何しろ、茄子を切るだけでも大騒ぎだったのだ。

「お小夜さま、できるだけ、厚みが同じくらいになるようにしてください」

「そんなこと言ってもうまくいかないわ」

「包丁の刃を入れる時に、これから切り離される部分の厚みが、前に切ったものと同じくらいになるように加減するんです」

「あらだって、前に切ったのはどこかに行っちゃったんだもの」

よく見れば、せっかく切った茄子の一片はまな板から転がり落ちて床にあった。

やすはため息を吞み込んで茄子を拾った。なんと勿体無い。とても上等の秋茄子なのに。

やすは拾った茄子を洗った。

「落ちたのなんか、捨てればいいのに」

「やすがいただきます」

「いいわよ、食べなくたって」

「清兵衛さまにお出しする前に、試しに食べてみますから」

「いいってば、そんな、下に落ちたのなんか捨てちゃって」

やすはほんの少しだけ、腹を立てた。

お小夜さまは決して、何もかも恵まれたお育ちではない。妾腹の子として母と二人、世間から隠されるようにしてお育ちになった。しかもその母親さえ、すでにこの世にはいない。けれど、生まれてから一度たりとも飢えるということはなかっただろう。何も心配しなくても、毎日ちゃんとご飯をいただけて、お菓子も好きなだけ食べられただろう。

やすは、遠い昔、何日も食べるものがなくひもじさに動く気力すらなくなって、腹がへったと泣くのにも疲れて黙ったままうずくまってしまった幼い弟に、魚の頭を焼いて与えた時のことを思い出した。その頭は道端に落ちていたもので、とうに腐っていた。やすはその腐った部分を指でむしり、なんとか食べられそうなところだけ残して七輪の網にのせた。猫も跨ぐようなひどいものだったのに、火で炙られるとやがて香ばしい匂いを放つようになった。長屋のお隣りに醬油を借りて来ようかとも思ったが、ものを借りた以上は何かお礼をしなくてはならない。だが何もお礼に返すようなものはない。醬油はなしで、焼けた頭を弟と食べた。まともに食べられる身のところは弟に与え、やすは骨を齧った。飢えたからだには魚の骨すら美味しくて美味しくて、

　やすは泣きながら骨をしゃぶった。

　博打に身を持ち崩した父親は、賭場に出かけると何日も帰って来ない。少しばかり勝てばその金で岡場所に入りびたり、酒を買う。なので、帰って来た時には無一文になっていた。

　やすは毎日のように通りをうろつき、食べられそうなものを拾った。

　長屋の人たちがやすと弟を気の毒に思って、時折、握り飯やら玉子焼きやらを持って来てくれた。

　雑穀の混ざった茶色い握り飯でも、この世のものとは思えないほど美味しかった。玉子焼きなどは、あまりにももったいなくて、ほとんど弟に食べさせてしまった。幼い弟が嬉しそうに何かを食べている、それを見ているだけで、やすはとても心が温まった。

　あれが、自分の、根っこなのだ、とやすは思う。

　誰かが何かを食べている時に見せてくれる、幸せに溢れた笑顔。あの笑顔が見たいから、自分は料理を作るのだ、と。

　お小夜さまを責める気持ちはない。台所の床に落ちた茄子など、大店のご内儀が食べたりしてはいけないし、捨てればいいのにと言われたら、そうですね、と捨てるべきなのだ。それでも、やすにはそれが捨てられなかった。捨てられない、という自分にも少し腹が立っていた。

やすはそっと、拾った茄子を袂に入れた。人と人との間には、簡単には越えられないものがある。それは誰にでもあるもので、それがあるからといってその人とわかり合うことができないわけではない。お小夜さまにはお小夜さまのそれがあり、きっとお小夜さまだって、わたしの言葉に越えられないものをお感じになることはあるはずだ。大切なことは、いつかそれを越えられるように、と願い続けることだと思った。


「これでおおよそ、用意はできました」

やすはお小夜さまが切った、不揃いな野菜をなんとか見目よく笊に並べた。真新しい竹笊で、胸がすくようなよい香りがする。別の笊には、洗って食べやすい大きさに切った烏賊、殻から外した帆立、殻つきのままの海老などが並べてある。海老は尾をしごいて余分な水を除いてあった。

「よく頑張りましたね、お小夜さま」

それだけの用意をするのに、半刻はかかった。まだ日暮れ前だが、夕餉をいただくのに早すぎるという刻でもないだろう。

「これだけでいいの？　切っただけよ？」

「これだけでも、包丁の扱いがだいぶんお上手になられましたよ。料理は覚えること
が多いですから、少しずつ参りましょう」

「でも切っただけじゃ、清さんが食べられないわ。このあと全部、あんちゃんがやっ
てくれるの？」

「それでは意味がありません。でもこれでだいたい、用意は終わりです。あと少し、
そうですね、すだちを切りましょう。それから鍋の支度です」

「鍋って、あんちゃんが抱えて来た？」

「へえ。ではそこのすだちを半分に切ってください。それからその半分を、今度は三
つに」

「三つ」

「おおよそでかまいません。一個のすだちを六つに切ると、絞りやすくなります」

「こんな小さなもの、六つにするのは難しそう」

　お小夜さまが再び包丁を手にしたので、緑色に美しく輝いているすだちを、しかめ面で睨（にら）んでいた。

やすは七輪に炭をおこした。十草屋の台所は紅屋のお勝手のように土間になっておらず、勝手口から出るのにいちいち下駄（げた）を履

かなくてはならない。炭に火を入れる時は、外の風を中に入れるように、といつも政さんに言われていたので、やすは揃えてあった下駄を借り、勝手口の戸を開けた。

裏庭は思ったよりも狭く、その向こうに細い通りが見えた。その通りにも人がせわしなく行き来している。

お江戸は本当に人が多い。

「炭が赤くなったら、この鍋をのせます」

「面白い形ねえ。こんなお鍋、見たことない」

「へえ、政さんが知り合いの鋳物屋さんに頼んでくれて、特別に作って貰ったんです」

「鉄鍋なのね」

「へえ。鍋をのせたら熱くなるまでおいてから、油をひきます。鍋をのせるところからあとは、清兵衛さまの目の前でいたしましょう」

「清さんの前で？　お座敷で、ってこと？」

「へえ」

「まあ、面白い！」

お小夜さまは喜んだ。

「少し用意しなくてはいけませんので、女中さんに手伝っていただけますか」

「もちろん」

お小夜さまは、ぱんぱん、と手を叩いた。軽く叩いているようで音がよく響く。すぐさま女中さんが二人、顔を出した。お小夜さまに呼ばれたらすぐに駆けつけられるよう、手を叩く音の聞こえるところに控えていたのだろう。

「おすずと、おえん。おやすちゃんの手伝いをしてちょうだい」

「へえ」

「おやすちゃん、まずどうするの？」

「清兵衛さんがお食事なさるお座敷に、この七輪と鍋を運ばないとなりません。できれば庭に面して風通しのいいお部屋がいいんですが」

「それなら、花月の間がいいわ。おまえたち、今夜は花月の間で夕餉をいただくから、すぐに支度してちょうだい」

「そのお部屋には長縁がありますか」

「ええ、中庭に面して長縁があるわよ」

「ではそこに七輪と鍋を置かせていただきます。畳の上には置けませんので」

「なんだか、わくわくするわ。とっても面白い夕餉になりそう」

「お小夜さま、夕餉をお作りになるのはお小夜さまですよ」

「あら、野菜や烏賊を切っただけで疲れたわ。やっぱりあとはあんちゃんがやってちょうだい」

やすは笑った。

「それでは清兵衛さまがお気の毒ですよ。せっかく、奥様の手料理を食べられると待っておられるのですから」

やすは、品川で描いて来た墨絵をお小夜さまの前に広げた。

「これが今夜の献立でございます」

「……海のものと畑のもののあぶら焼き？」

「へえ。その絵の通りに、熱したこの鉄鍋に油をひいて、そこでお茄子や烏賊を焼きます。焼けたら清兵衛さまの前のお皿に鍋から直によそってさしあげてください。焼けたものを小皿の醤油にちょっとつけて食べていただきます。お好みで、海のものにはすだちを搾ってもよろしいかと思います」

「ただ焼くだけ？」

「へい。それならお小夜さまでも間違いなくできます」

「でもこれって、炭火で焼くのと同じじゃないの？」
「鉄鍋と油で焼くと、炭で焼いたのとは風味も味も変わります。どちらも美味しいと
やすは思いますが、清兵衛さまは油のお味がお好きでいらっしゃるので、きっとこの、
あぶら焼きを気に入っていただけると思います。何より、この料理ですと油を使って
いても天ぷらのように油を食べ過ぎずに済みます」
「油を使っているのに、油を食べ過ぎない料理……そうか、清さんが油を食べ過ぎて
体を悪くしないように、でも油の味は楽しめるように！」
「へえ、その通りです。烏賊や貝を召し上がってから、お茄子を焼いてください。お
茄子は小皿の醤油で召し上がっていただくのではなく、この鍋に醤油を垂らします。
お茄子は油ととても相性が良く、また油をたくさん吸います。なので最後に、鍋に残
った油で料理して、油を吸い過ぎないようにしましょう。その代わりに鉄鍋に直に醤
油を垂らすことで、油と醤油が混ざったものをお茄子が吸って、とろりと美味しく仕
上がります。そうそう」
やすは笊から根生姜（ねしょうが）を取り上げた。
「これを忘れるところでした。生姜をすったものを、清兵衛さまのお皿にお茄子を盛
り付けてから、上に散らしてください。油、醤油、生姜。お茄子を何より美味しくい

たします」

これは、おみねさんの料理から思いついたことだった。おみねさんは、焼き茄子の上から醤油と生姜、それに胡麻(ごま)の油をかけていた。焼き茄子に醤油と生姜は定番だが、そこに油を加えるとさらに美味しくなることをおみねさんは知っていた。

だがこのあぶら焼きの茄子は、さらにその上をいく。熱した鉄鍋に油をひいて焼くと、烏賊や貝、海老から汁が出て鉄鍋の油と混ざる。それが少し焦げると一層、強い風味を増す。最後にそこに茄子を入れて焼けば、茄子が、烏賊や貝の旨味(うまみ)まで吸い込んでくれる。炭火焼きだと、焼いたものから出た汁は下に落ちてしまう。あの汁が炭に落ちるとなんとも言えない香ばしい香りがたって、その香りが煙になって焼いているものにつく。炭火焼きの優れているところは、その香りだ。けれど鉄鍋のあぶら焼きなら、旨味が鍋に残る。香りでは炭火焼きに負けるかもしれないが、旨味を一滴残さず食べられるというところが、この料理の肝である。

ただ、心配なこともある。鉄鍋で焼くだけと言っても、焼き具合が難しい。烏賊も貝も海老も、焼き過ぎては美味しくない。

「料理をされるのはお小夜さまですが、今夜はやすが後ろについております。ひっくり返して裏も焼いてくださいとか、焦げ付かないよう油を足してくださいとか、やすがいちいちお教えいたします。お小夜さまはその通りになさってください。一度やれば、次からはやすがいなくてもできるようになると思います」

「えっ、次からって……」

「清兵衛さまが気に入ってくだすったら、次はお小夜さまがすべて用意なさって、清兵衛さまに食べさせてさしあげてください」

「そんなの無理よ、だって」

「おできになります」

　やすはきっぱりと言った。

「野菜も烏賊も切り方はわかりましたでしょう。お小夜さま、やすはお小夜さまに、料理をお教えするというお約束でこちらに参っております。やすがいなくても旦那さまに作ってさしあげなければ、料理を覚えたことにはなりません」

　お小夜さまは渋々ながら、わかりました、と言ってくださった。やすはにっこりした。

「お小夜さまが少しずつでも料理を覚えてくだされば、やすは胸を張って日本橋に来られます。政さんも許してくれます」

「そうね、あんちゃんがここに来られるように、小夜も精進しないとね」

お小夜さまも笑顔になった。

「さて、ではここからが今夜のお料理の締めくくりです」

「あら、ただ焼いて食べるだけじゃないの？」

「最後にとっておきがございます」

「とっておき」

やすはにっこりした。

花月の間、というのは、お客様をもてなす時に使われる座敷だった。中庭に桜の古木があり、春になると花が見事なのだそうだ。それでその花を愛(め)でながらの花見の宴が催されるらしい。またその中庭から月を眺めるのもとても風流なので、清兵衛さまがたしなんでおられる俳句の会などもよく開かれているようだった。

広さはさほどでもないが、とびきり上等な畳が青々として、長縁も見事な材が使われており、七輪を置くのも躊躇(ためら)われるほど艶光(つやびや)りしている。念の為(ため)に、鍋を包むのに持って来た風呂敷を敷いて、その上に新しい七輪を置いた。火のついた炭が入ったままの七輪を運ぶのは危ないので、炭は火桶(ひおけ)に移して運んだ。新しい七輪に、いい具合に白くなった炭を移す。炭を動かすと白いところがぱっと赤くなる。鉄鍋を置いて、鍋が熱くなるのを待つ。

　座敷にしつらえた箱膳には、皿と箸だけが置かれている。それだけ見ればなんとも寂しい。箸休めに何か小鉢でも用意すればよかった、とやすは後悔したが、この夕餉はお小夜さまがお作りになるから意味があるのだ、と思い直した。気の利いた肴や料理の盛られた小鉢など、お小夜さまに用意していただくのは大変だし、それを自分がやってしまったら意味がない。

　熱くなった鍋にお小夜さまが油を流し、刷毛で薄く伸ばした。ちょうど清兵衛さまが部屋に入って来られた。

「お小夜、おまえ大丈夫かい、そんなことをして火傷をしたりしないかい」

「大丈夫です。清さんは心配のし過ぎですよ」

「でもおまえ」

「もうよろしいですから、そこにお座りくださいまし。これから小夜があなたさまの為に料理いたしますから。おやすちゃんが考えた新しいお料理ですよ」

　やすは品書きを清兵衛さまに手渡した。

「海のもの畑のもの、あぶら焼き……あぶら焼き？　その風変わりな鉄鍋を使うんですね？」

「へえ。いろいろと試したのですが、なかなか思ったように使える鍋がなかったので、紅屋の料理人頭が鋳物屋さんに頼んで作っていただきました」

清兵衛さまは身を乗り出して長縁の七輪を見ている。

「ほう……厚みのある鉄板を平らに……縁が少し立ち上がっているのですね」

「へえ。鉄板であぶら焼きすると、焼いたものから旨味のある汁が出ます。その汁が流れてしまわないように、へりを立ち上げてあります」

「なるほど」

清兵衛さまは、何事か考えるように腕を組み、うなずいた。

「さあ、焼きますよ」

お小夜さまは元気良く言うと、帆立貝の身を菜箸で鉄鍋の上にのせた。じゅーっと音がして、汁が少しはねた。

「あちち」

「お小夜！　火傷したのかい！」

「いいえ、大丈夫でございます、ってば。このくらいなんともありません」

清兵衛さまは不安げに見守っている。やすはお小夜さまの背中にまわり、耳元で囁(ささや)いた。

「そのまま少しお待ちください。海のものは焼き過ぎると美味しくありませんが、焼ける前に触ると身が崩れてしまいます」

お小夜さまは真剣な顔で貝を睨んでいる。

「今です。箸でしっかり挟んでひっくり返します」

「えいっ」

掛け声と共にお小夜さまは貝を裏返した。良い感じに焦げ目が付いている。

「これはいい匂いだ」

清兵衛さまが鼻をひくつかせた。箸を動かそうとするお小夜さまの袖をひく。

「まだです、まだです。もう少し我慢してください」

新鮮で上等な貝なので、刺身でも食べられる。だがせっかく焼いたのに中が生では料理としての筋が通らない。焼くからには火を通す。通し過ぎず、身が固くなる寸前まで。

「はいっ、今です！　このお皿へ！」

「えいっ」

また掛け声と共に、焼けた帆立貝は無事にやすが差し出した小皿にのった。やすはそれを大急ぎで清兵衛さまの箱膳の皿に移した。

「すぐに召し上がってくださいませ。そのすだちを少し搾って、そちらの粗塩を振ってもいいかと思いますし、醬油の皿にちょんとつけても」

「えっ、もう食べていいんですか」

「へえ。熱いうちがよろしいです」

やすはにこにこしながら清兵衛さまを見ているお小夜さまの袖をまたひいた。

「次、烏賊に参りますよ」

「あ、はいはい」

清兵衛さまは、あつつ、と言いながらもあっという間に食べてしまった。

「うまい！　これはうまい！　あぶら焼きすると、味が広がりますね！　この、醬油と油が混ざったのもいい！」

烏賊、そして海老。海老は女中さんが殻を剝こうとするのを、清兵衛さまは、いいから早くおよこし、と急かして殻ごと皿にとり、手摑みで殻を外してかぶり付いた。

「清さん、お行儀が悪いですよ」

「だっておまえ、もたもたしていたら冷めてしまうし、この殻の中の海老の汁がこぼれたらもったいないじゃないか。ああ美味しい。これも美味しいねえ。お小夜、あぶら焼き、わたしはとても気に入りましたよ。どんどん焼いておくれ」

やすは女中さんに、清兵衛さまが残した海老の頭を別の皿によけてくださいと頼んだ。

笊にいっぱい並べられていた海のものは、食べ続ける清兵衛さまのおかげで瞬く間になくなってしまった。

「あっ、清さん、みんな食べてしまったら小夜の食べる分がありません！」

「あれ、それはすまないことをしました。どうしよう、お小夜とおやすさんの夕餉に、寿司でも取り寄せようか」

「大丈夫でございます。お小夜さまの分は、ちゃんと取り分けてございます」

「ほんと、あんちゃん？」

「へい。ぬかりはございません」

「だからあんちゃんのこと、大好きよ！」

「お小夜はおやすさんのことを、なぜ、あんと呼ぶんだい？　おやすさん、あなたのお名前はおやすさんでよろしいんですよね？」

「へえ、やすでございます」

「気にしないでいいのよ、清さん。これはわたしとおやすちゃんとの、秘め事だから」

「ひめごと、かい」

清兵衛さまは楽しそうに笑った。

「いいねえ、女同士の秘め事とはまた、艶のある」

「海のものはこれで終わりでございます。あとは畑のもの、となりますが、今夜はお茄子をご用意いたしました」

やすは笊の茄子を清兵衛さまに見せた。色が変わらないよう、切ってからミョウバンに浸けて少しおき、苦味が残らないようミョウバンをよく洗い流した。お小夜さまはそうした下ごしらえの手順が面白かったらしい。本当は焼く寸前に切ってすぐに使えば色止めをしなくてもいいし、その方が茄子の風味が強く出て美味しいのだが、それでなくても心配そうな清兵衛さまの前でお小夜さまが包丁を握ったりしたら、大騒ぎになりそうだったので諦めた。

「お小夜さま、鍋に少し油を足しましょう。ほんの少しで大丈夫です」

やすはお小夜さまの耳元で囁いた。

「はい、そのくらいで。菜箸ではなく、これを使ってください」

やすが手渡したものを見て、お小夜さまは驚いた顔になった。

「これ、しゃもじ?」

「へえ。菜箸よりもしゃもじの方が、お茄子をたくさん動かせます。菜箸ではお茄子に穴を開けてしまうかもしれません。本当はへらを使うのですが、お小夜さまのお手はお小さいので、しゃもじの方が動かしやすいかと。さ、お茄子を入れて、しゃもじで、鉄鍋の上の油や汁をお茄子にかけてやるつもりで動かしてください」

お小夜さまは真剣な顔でしゃもじを握った。鉄鍋でのあぶら焼きは、実はここからが真骨頂だ。やすも真剣に茄子を見つめる。前に焼いた海のものから出た汁と、その汁と混ざった油。それを茄子に吸わせる。茄子がしんなりとしたところで、鍋の端から醤油を垂らす。ジュジュッと気持ちの良い音がして、醤油の香りがふわっとたった。

「うわあ、これはまた、さんざ食べたのに腹がへるようないい匂いだ！」

やすは女中さんから新しい皿を受け取った。

「お小夜さま、こちらのお皿にお茄子をすべてよそってください。真ん中が高くなるように盛ると美味しそうに見えます」

すった生姜を最後に散らして皿を箱膳に置くと、清兵衛さまはなんとその皿を手にして、かき込むように茄子を食べた。

「うまい、うまいうまいっ！」

「清さん、そんな食べ方！」

お小夜さまがたしなめても、清兵衛さまは食べ続ける。

「あれじゃ瞬く間になくなっちゃうわ」

「ええ、では急ぎましょう」

やすは、女中さんに合図をした。女中さんはすぐに、お櫃を持って戻って来た。

「おや、ご飯ですか」

清兵衛さまが女中さんがお櫃を抱えているのを見て言う。

「確かにこの茄子はご飯に合いそうだ。しかしわたしはもう少し、あぶら焼きを食べたいなあ。何か他にもっと焼いて食べられるものはありませんかね」

やすはお小夜さまと顔を見合わせて笑った。

「清さん、いいからちょっとお待ちくださいな。今、清さんが驚くようなものを焼いてお出ししますから」

お小夜さまはすっかりしゃもじの使い方に慣れたようだ。茄子がなくなった鉄鍋にほんの少しだけ油を足して、そこにお櫃のご飯をさっとあけ、しゃもじでご飯を鉄鍋の底に押し付けるようにしてかき混ぜ出した。

「そうそう、いい感じです。ご飯が焦げて香ばしくなって来ました」

「ほんとにいい匂いね。わたしも早く食べたいわ」

「おやおや、いったい何を。ご飯を焼いているのかい！」

清兵衛さまはもう座っていられなくなったのか、長縁に出て来て鉄鍋の前に座り込んでしまった。

「清さん、座ってお待ちくださいまし！」

「いやいや、こんな面白い料理は初めてだ。いいからわたしにも見せておくれ。それにお小夜、おまえ、実に器用にしゃもじを使うじゃないか。なんだね、おまえは不器用ものだと思っていたが、どうしてそんなことはなさそうだ」

「旦那さま、お小夜さまは本当はとても器用なお手をお持ちです。ただこれまでそのお手をあまりお使いになって来られなかっただけなのです。きっとお料理もすぐに上達なさいます」

「まあ嬉しい。あんちゃんに褒(ほ)められちゃった」

お小夜さまは愛らしく頰(ほお)を桜色に染めて微笑(ほほえ)む。だがやすは、お世辞でそう言ったわけではなかった。実際、お小夜さまは器用なのだ。包丁の使い方も、初めは本当に危なっかしかったのだが、あぶら焼きの支度を終える頃には見違えるほど上手になられていた。

やすは、お小夜さまの「夢」が、女の蘭方医(らんぽうい)になることだったのを思い出した。蘭方医はしゅじゅつ、と言うものをする医者だ。人の体を切ったり縫ったりするらしい。もしかすると、お小夜さまの「夢」は、案外叶う夢なのかもしれない。……女でも蘭方医になれる世が本当に来るならば。

ご飯がこんがりと焼けたところにまた醤油を垂らし、ジュッと音がして素晴らしく香ばしい香りがたったところで、お小夜さまが小口に切った葱を散らしてさっと混ぜこみ、料理が仕上がった。

器に盛って差し出すと、清兵衛さまは待ちきれないというように器を掴み、そのまま長縁に座って食べ始めてしまった。

「もう、清さんたら！　そんなにお行儀の悪いことばかりして！」

「そんなこと言っても、あんまりいい匂いなんだもの」

清兵衛さまは、瞬く間に飯茶碗を空にした。

「ああ、美味しい。おかわりをいただいてもいいだろうね？」

「せっかくあんちゃんと小夜が、この頃少しお腹の出ていらした清さんの為にと考えた料理なんですから、食べ過ぎては意味がありません」

「そんなこと言わないでおくれ。まだ鍋には残っているじゃないか」

お小夜さまは笑いながら、残っているご飯を鉄鍋から飯茶碗によそった。そうなるだろうと思っていたので、あらかじめ、お櫃には少なめのご飯を入れておいた。きれいに平らげてしまっても、いつも清兵衛さまがお食べになっておられる量の半分程度だ。


「ああ、美味しかった」

清兵衛さまは、女中さんがいれたほうじ茶を飲みながら何度もそう言った。

「本当に美味しかったよ、お小夜。ありがとう」

そう言われて、お小夜さまも嬉しそうだった。

やすは鉄鍋を手早く紙で拭き、また七輪にかけた。女中さんが台所から別の笊を持って来る。中にはお小夜さまの分の、海のもの畑のものがのっていた。

「それでは、ここからはお小夜さまの夕餉ですよ」

やすはそう言って、菜箸を清兵衛さまに手渡した。

「どうぞ、お小夜さまに焼いてさしあげてくださいまし」

「おや、わたしが焼くのかい」

清兵衛さまは目を輝かせている。

「おやおや、これは面白い趣向だ。どれどれ、わたしにできるだろうかね」

「簡単でございます。焼き具合はお小夜さまがお指図なさいます」

清兵衛さまは嬉しそうに菜箸で烏賊をつまんだ。

「あ、まだ駄目！」

「えっ、駄目なのかい」

「油がもっと熱くなってからです！」

お小夜さまは清兵衛さまのお手を軽く叩かれた。

「小夜の言う通りになさってくださいな」

「はいはい、そういたしましょう。いやいや、これは面白い。まったく楽しい夕餉だねえ」

やすは女中さんに目配せし、そっと座敷から出た。

「わたしはそろそろ帰ります」

「ではお駕籠を」

「いえ、まだ先ほど暮六つの鐘が聞こえたところですから、歩いて帰ります」

「いけません、わたしどもが叱られます。すぐにお駕籠をお呼びします。この近くに駕籠屋がございますから」

女中さんが慌てて勝手口から外に出て行った。

やすはその間に散らかった台所を片付け、袂から茄子のかけらを取り出してさっと洗い、塩をまぶし、ぎゅっと揉んだ。

「お駕籠はすぐ参ります」

女中さんが戻って来た。

「でもおやすさん、今夜はお泊りいただけるのだと思っておりました。まだ夕餉も召し上がっていらっしゃらないですし」

「明日も早いですから、帰ります。それにお二人があんなに仲睦まじくいらっしゃるのに、わたしがいては邪魔になります」

「でも……」

「あの、ご飯を少しいただいても」

「え、それはもちろん。でもご一緒に召し上がるのだとばかり。お待ちいただければ御膳を用意いたしますよ」

「わたしは旅籠のお勝手女中です。旦那さまや奥さまと御膳を同じくするなどということはできません」

やすは冷や飯を手早く握った。

「お駕籠の中でこれをいただきますから。あ、旦那さまが残された海老の頭は、塩焼きにしてさしあげてくださいい。鉄鍋ではなく網で、かりっと焼けば丸ごと食べられます」

「へい」

「また来月、お邪魔すると思います」

「楽しみにしております」

女中さんはクスッと笑った。

「お小夜奥さまがあんなにはしゃいでいらっしゃる様子を見て、とても安堵しているんですよ。あんなにお若い身で後添えに入られて、言葉にはなさいませんけど、お苦しい胸のうちもあるだろうと。でもおやすさんといると、本当に愛らしいお顔をされるんですよね。旦那さまも本当にお小夜奥さまを、目の中に入れても痛くないほどのお可愛がりようなのですが、嫁いで来られてからなんだか笑顔が減ってしまったような気がすると心配していらっしゃったんです」

帰るところを見つかるとお小夜さまが騒がれるだろうと思ったので、やすは先に外に出て駕籠を待った。ほどなくして駕籠がやって来た。女中さんが駕籠代を手渡し、駕籠かきは威勢のいい掛け声と共に、やすを品川に向けて運んで行った。

帰る道々、揺れる駕籠の中で握り飯を食べ、揉み出しした茄子を齧った。上等の米と立派な茄子だった。

さて、宿題はまだ半分。次は、柔らかいものがお好きな清兵衛さまに、なんとかして、よく嚙(か)んで食べていただく料理を考えなくては。

やすの話を聞きながら、政さんは何度かうなずいた。

「なるほど、あぶら焼きってのは面白い料理になりそうだな。鉄鍋に残った油や焼いたものから出た汁が、最後に飯を焼く時の味付けになるところが肝か」

「へえ、烏賊や貝などを焼いて食べるのは珍しくもない料理ですが、あぶら焼きならば旨味の出た汁が無駄になりません。ただ、海老の頭などは網で焼いた方がいいようです。鉄鍋を使うとどうしても、水気が抜け切らないのでさくさくしません」

「海のもののほかだと、鶏(とり)の肉なんかはどうだろう」

「へえ、鶏の肉も考えましたが、鶏の肉はもともとあぶらが多くて、網焼きや串(くし)焼(や)きにしてもあぶらがたくさん出ます。清兵衛さまのおからだを考えると、油にあぶらではよろしくないかと思いました」

「鶏のあぶらってのは、皮から出るもんだ。皮を剝いで使えばあぶら焼きでも良さそうだが、鶏の旨さもまた皮から出るあぶらの旨さだからな、皮を剝いじまったら旨味が減っちまう。うん、そこは何か工夫がいりそうだな。それと食べる時に味付けるものが塩と醬油だけってのも、もうひと工夫できそうだ」

政さんの頭の中では、めまぐるしく「新しい味」への考えが駆け巡っているのだろう。

「最後に飯を焼いたのはどうして思いついたんだい」

「へえ、握り飯に醬油を塗って網で焼くと、香ばしくてとても美味しいです。なので初めは、握り飯を焼いてみようと考えました。でも、最後に焼くのなら、鉄鍋にこびりついている油や他の旨味を飯に絡めてしまう方が美味しそうだと。やってみると美味しかったんですが、夕餉の最後に食べるには少し油のくどさが気になりました。小口切りの葱を混ぜるとあと口がさっぱりとしました」

政さんは、よし、と言った。

「旦那さんの体を考えて、好みも考えて料理を作る。その点は、いいだろう」

「あ、ありがとうございます」

「それに支度が簡単で、お小夜さんでもできたってとこもいい」

「へ、へい」

「ただ、お小夜さんに料理を教える、というとこは、どうだい」

「へえ、今度は包丁で切る、鉄鍋で焼く、という二つのことを覚えていただきました。海のものと畑のもの、それぞれの下ごしらえもお教えしました。烏賊の薄皮を剝くのはまだお小夜さまには難しいので、魚屋さんが拵えてくれたものを使いましたが、茄子の色止めはやっていただきました。焼く方も、焼き加減というものが大事だということは、わかっていただけたと思います。次は、煮る、ということを覚えていただこうと考えています」

「煮る、か」

「へえ。出汁のとり方、煮物に味をつける順番などです」

「そいつはなかなか難しいな」

「へえ。出汁は料理の肝心要、それなりに修業をした料理人でなければ任せてもらえません。でもお小夜さまは料理人を目指されているわけではなく、ご夫婦で召し上がる日々の夕餉を作ることができればそれでいいので、出汁もあまり難しく考えず、鰹節の使い方くらいでよいのではと」

「うん、まあそれで充分だろう」

「へえ、その上で、煮るだけで夕餉が出来上がるようなものなら、あれこれと忙しくならずにお小夜さまでもできるのではないかなと」

「煮るだけで？　だが煮物だけってのはどうなんだい、ちょっと寂しくねえか。あぶら焼きのように目の前でつくるってんなら一品でもなんとかなるだろうが、煮物は目の前で作ってたんじゃ、煮上がるまでが退屈だろう」

「もちろん、お勝手で煮て出すつもりです。でもお小夜さまがお一人でも作れるものでないといけませんから、煮物に焼き物、などと欲張らずに、切ること、焼くことやってみて、次は煮ること。一つずつ覚えていただく方がいいと思います」

「そりゃそうだが。……おやす、また何か面白いことを企んでるな？」

政さんは、はは、と笑った。

「どうやらおまえさん、次の料理はもう考えついたとみえるな。それならいいんだ、種明かしは後でいい。先に聞いちまったら楽しみがなくなる。それで今度は、鉄鍋みてえなもんを作る必要はないのか？　何か入り用な物があるんなら、言ってくれたらなんとかするぜ」

「へい、ありがとうございます。でも次の料理はこのお勝手にあるもので間に合います。それより、また日本橋に行くことを許していただけますね？」

「許さねえ、と言ったら、おまえさんが考えている何やら面白そうな煮物が食えなくなるからな。ああいいよ、また日本橋に行って、お小夜さまに煮物の指南をしておいで」

「ありがとうございます！」

やすは思わず、政さんの手を握って跳ねてしまった。

「こら、おやす。花も恥じらう年頃の娘が、子供みてえに跳ねるんじゃねえよ」

「へえ、すんません。でも嬉しくって」


「なんだか随分賑やかだね」

おしげさんが、何か包みを抱えて顔を出した。

「なんだいおやす、富くじにでも当たったみたいな顔をして」

「へい、富くじに当たるより嬉しいです」

「あんたたちはいいねえ、仕事しながらそんなに楽しそうで」

「おしげさん、なんだいその包みは」

「今、十草屋から小僧さんが使いに来たんだよ。これをおやすに渡してくれって」

「え、わたしにですか？」

「あんた昨日、日本橋に行ったんだろう。何か忘れ物でもして来たのかい」

「いいえ、持って行ったものはちゃんと持ち帰りました」

「そうかい。それならあんたへの御礼か何かかしらね」

「いいから、開けてみたらどうだ、おやす」

「へえ」

やすはおしげさんから包みを受け取った。丁寧に大風呂敷にくるんであるが、何やらずっしりと重たい。御膳を並べる板間に置いて、風呂敷をほどいた。

「……なんだい、これは」

おしげさんが言ったが、やすにもそれが何なのかわからなかった。鉄の鍋のように見えるが、にゅっと突き出した棒のようなものがくっついている。底はどうやら平らで、形は丸い。

「手紙がついてるよ。あら、これは達筆だね」

やすは渡された手紙を少し開いてみたが、字が立派過ぎて読めなかった。やすが首を横に振ると、政さんが手紙を受け取った。

「男字だな……宛名は、紅屋おやす様だ。読んでもいいかい」

「へえ、お願いします」

「どれどれ……おやす様、昨夜は楽しい夕餉をありがとうございました。とても珍しく美味しく、心から満足いたしました。また、小夜に料理の手ほどきもしていただき、夫婦共に厚く感謝いたしております。ご挨拶もせず、御礼も申し上げないままにお帰りになってしまわれ、申し訳ないことをいたしました。ささやかなお詫びとしまして、手前どもの台所にございました南蛮の鉄鍋をお納めくださいませ。父の代に、手前どもの親戚にあたります日本橋長崎屋に逗留いたしました南蛮商人から譲り受けた鉄鍋でございますが、どのように使えばよいのかもわからず、ただしまいこまれていただけの物でございます。おやす様にお使いいただければ、遠く南蛮より渡来したこの鍋も喜ぶことと思います。昨夜おやす様がお持ちくださいました鉄鍋と、どことなく似ているようにも思いますので、何やら面白い料理ができるやもしれません。昨夜お預かりいたしました鉄鍋は、私、あぶら焼きがたいそう気に入りましたので、同じ物を鋳物屋に作らせようと思います。見本として数日お預かりしてもよろしいでしょうか。用が済みましたらお届けいたします。また来月も、おやす様にお越しいただけるのを楽しみにしております。紅屋の皆様にもよしなにお伝えくださいませ。十草屋清兵衛」

「南蛮の……鉄鍋！」

やすは思わず、丸い鍋を掌(てのひら)でさすった。

「これで南蛮の料理を作るんですね！」

「へえ。でもその、棒みたいなのはいったいなんだい？　鍋にそんなもんが突き出してたら、料理がしにくいだろう」

「これは……」

やすは、棒の部分を握ってみた。棒のように見えるが、その部分は少しへこみのある鉄の板でできている。

「……持ち手、でしょうか」

「持ち手って、鍋の持ち手なら二つないと持てないじゃないか。しかもそんなに突き出している必要はないよ。それに持ち手のとこまで鉄で作っちまったら熱くて持てないだろ」

おしげさんは、恐ろしいものでも見るような目で南蛮の鉄鍋を見ている。

「確かにおしげの言う通りだ。けどそのへこんだ形は、摑んでしっくり来るようにそうしてあるように見えるな。そこを摑んで使うのは間違いねえだろう」

「南蛮人ってのは、図体がやたらと大きくって目の色が違っていたりするだけじゃなくて、手の皮まで分厚いのかね。焼けた鉄を摑んでも平気だとか」

「まさかそんなこたねえだろうが」

　政さんも、突き出した部分を握って首をかしげる。

「ま、ここでいくら考えてたってわかりゃしねえな。よし、ちょっと調べてみよう。おやす、後でこいつを少し借りてもいいかい」

「へい。でも政さん、こういうものがやはり南蛮にはあるんですね。底が平らで、縁がたち上がっている鉄鍋が」

「そうだな、清兵衛さんが書いているように、確かにこいつは、俺たちが作った鉄鍋に似ていなくもない。つまり、あぶら焼きのような料理を作ってるってことだ。南蛮の料理については江戸にいた頃に調べたこともあるが、正直、あまり興味がわかなくて、こういう鍋のことまでは調べなかった。せっかくだからこの機に勉強してみるか、南蛮料理」

「ちょっと二人とも、調子にのってご禁制の食べ物に手を出したりしないでちょうだいよ」

「ご禁制の食べ物なんてものあったっけかな。こっちから清や南蛮に出したらいけねえもんなら聞いたことがあるが」

　政さんはとぼけている。

「よくは知らないけど、とにかく危ないことはしなさんな。それでなくてもこの頃は、なんだかわからないものがよその国から入って来てさ、お上がやっきになって取り締まってるって聞くじゃないか。あんたたちがお縄になったら、紅屋はおしまいなんだからね」

おしげさんが心配するのももっともなことだった。政のことはよくわからないが、黒船に続いて大地震がたび重なり、世の中は落ち着かなくなっている。家や仕事を失った人々が大勢いる一方で、抜け荷で大儲けしている商人がいるという噂も飛び交っていた。

「ところでね、ちょっとおやす」

おしげさんが目配せしたので、やすはおしげさんの後について勝手口から裏庭に出た。

「ついでに青紫蘇を摘んで来てくれ」

政さんがやすの背中に声をかけた。

「へい」

やすは言われる前にもう笊を抱えていた。

「夕餉はなんだい」

「鱚の天ぷらです」

「青紫蘇も揚げるんだね」

「へえ」

「いいねえ。だけど青紫蘇みたいに薄い葉っぱを、よくあんなにぱりっと揚げられるもんだ」

「わたしもまだ、青紫蘇の天ぷらは自信がありません。今夜は平蔵さんが揚げるんです」

やすは裏庭から、山椒の木が生えている小道に入った。踏み分け道程度の細い道だが、松林を抜けて海に出られる。

「おや、今日の夕焼けはまた、見事だね」

おしげさんに言われて西の空を見ると、本当に真っ赤だった。

「もう夏も終わりかねえ。早いねえ。ついこの間、八朔だったと思ったら」

「まだ葉月も残っています。葉月の間は夏ですよ」

「まあね、まだ汗が出るものね」

やすは小道の脇の、毎年紫蘇が茂るあたりでかがみこみ、虫喰いの穴のない、大きくて見栄えのする葉を丁寧に摘んだ。だが大き過ぎる葉は避ける。育ち過ぎると葉がごわごわと舌触りが悪くなり、脈のところも太く硬くなる。

「おちよのことだけどね」

おしげさんは、他に誰も近くにいないのに小声で言った。

「八王子の玉泉院に預かってもらっているんだよ」

八王子。品川からは遠い。

「いろんな事情でてなし子を身ごもっちまった女を助けてくれる尼寺でね、子が生まれてひと月までは母子で暮らせるけど、そのあとは子供は里子に出さないとならないんだ。おちよには何度もそのことは言い含めて、本人も承知してる。まあ他にどうしようもないしね」

「おちよちゃんは元気ですか？　お腹の子も」

「ああ、どっちも元気だよ。おちよも悪阻の時期を過ぎて、今はご飯もたくさん食べてるようだし、そろそろお腹もでっぱり始めているんだってさ。番頭さんがご用事で八王子に出るついでに寄って、顔を見て来てくださった。今度のことは奥の方々もご承知で、玉泉院には大旦那様から二十両もご寄進されたって話だよ。大旦那様はおちよのことがよほど可愛いんだねえ。ご自分にはお子がなくて、養子に迎えた若旦那にもお子ができない。おちよのことが孫のように思えるのかもしれないね。本当にあの子は果報者だよ」

「里子に出す先は決まったのですか」

「さあ、それも奥の方で探してくださってるようだね」

おしげさんは、自分が摘んだ青紫蘇をやすが抱えている笊に入れながら、小さなため息をついた。

おしげさんは本気で、おちよちゃんが産む子を育てたいと思っていたのかもしれない。やすは思った。あの時のおしげさんは、真顔だった。

「八王子はちょっと遠いけど、あんた、子が生まれたらおちよに会いに行ってやってくれるかい。番頭さんに、おやすちゃんに会いたいと言ってたらしいから」

「へえ、半日お休みがいただけたら行きたいです」

「番頭さんが何か用事をこさえてくれると思うよ。八王子は番頭さんの実家があって、紅屋とも取引があるからね」

「番頭さんのご実家は織物問屋さんでしたね」

「八王子縞の問屋で、なかなかの羽振りだそうだよ。紅屋のお客用の座布団やら布団の上掛けやら、みんな八王子縞なのは、そこからの仕入れだからだよ」

「八王子からは海は見えないのでしょうね」

やすの言葉におしげさんは笑った。

「そりゃ無理だろうね。千里眼でもないことには、あそこから海は見えないよ」

「おちよちゃん、海が大好きなので、海が恋しいんじゃないかと」

「あの子の実家は西伊豆(にしいず)だものねえ。品川の海だってちょっとしたもんだとあたしは思ってるけど、伊豆の海ってのはまた格別なんだそうだよ。大奥様は下田(しもだ)の出だから、昔はよく、下田の海がどれだけ綺麗(きれい)だかあたしらにも話してくれたもんだ。ま、そういうことなんで、また無事に子供が生まれたらあんたに教えるからね。あまり油を売ってると政さんに怒られるから、戻ろうか。……あれ?」

松林の方から男が一人、網をかついで歩いて来る。

「あれは……辰三(たつぞう)さんじゃないかい？　ちょっと辰三さーん」

おしげさんが手を振ると、網を担いだ男は顔を上げた。

「ああ、おしげさんか」

「どうしたんだい、珍しいね、こんなとこで」

辰三さんは品川でも有数の船頭さんだった。網元がその腕を見込んで下総(しもうさ)から連れて来た人らしいが、どんな荒れた海に出ても舟を沈めたことがないと噂されている。

「いや、ちょっとな」

辰三さんは浮かない顔をしている。

「松林を歩いていたら、この網が流されて浜に打ち上げられてたんでな」

「わざわざ担いで来たのかい。そんなこた網子に伝えてやらせたらいいのに」

「うんまあ……ついでだから」

「ほんとにどうしたのさ、辰三さん。あんたってば、幽霊でも見たような顔をしてるじゃないか」

そう言われてやっと辰三さんは笑った。

「幽霊なら、境橋のでたくさんだ。そうあっちもこっちも幽霊が出てたまるかい」

「あはは、そりゃそうだ。だけどあんた、顔色が良くないよ。ちょっと紅屋に寄って、お茶でも飲んで休んで行ったらどう」

「……政一はいるかい」

「そりゃもちろんいるよ」

「そうか。……そんなら寄らせてもらうかな」

三人で紅屋まで戻った。やすが茶を用意し、おしげさんは女中部屋から饅頭を持って来た。辰三さんは、板場に腰掛けて茶をすすりながら政さんの手があくのを待っていたが、憂鬱そうな顔のままだった。

「どうしたんです、辰三さん」

鰭の下ごしらえを終え、政さんも湯呑みを手に板場に腰掛けた。

「どっか体の具合でも悪いんですかい」

「いや、そうじゃねえ。体はなんともないんだが……政一、あんたさっきの夕焼けを見たかい」

「夕焼けですか？　いや、今日は見てないな」

「あたしら見ましたよ」

おしげさんが言った。

「なんだか随分と赤かったねえ」

「まだ空が赤いですよ」

やすは勝手口から空を見て言った。

「夏の夕焼けは長いもんですね」

「もう葉月も残り少ない、夏ってよりは、風は秋だ」

辰三さんは言った。

「今日の夕焼けは赤過ぎる」

政さんが、あ、という顔になって立ち上がり、勝手口から外に出た。空を見上げている。そして戻って来ると、政さんの顔も曇っていた。

「雲がびっしりで、夕陽が真っ赤だ。雲に夕陽が映えて空が燃え上がったように見える」

辰三さんがうなずいた。

「気に入らねえ」

「……そうですね。いやしかし……まだ風はない」

「だから余計に気に入らねえんだよ。……相当でかいのが来るんじゃねえかな」

辰三さんの言葉が陰鬱に響いた。

でかいのが、来る？

「どのくらい持ちますかね、空は」

政さんの問いに、辰三さんは腕組みして考えてから言った。

「明日、明後日はまだ大丈夫だろう。降っても大した雨にならねえだろうし、風もまださほどじゃねえと思うよ。危ねえのは明々後日頃だな」

「よかった。それならいくらか備えができる」

「うん、しかし」

辰三さんは、空になった湯呑みを手にしたままだった。やすはそれを黙って受け取り、新しい茶をついで渡した。

「……かなりでかいぞ。ちっとばっかり備えても役に立つかどうか。俺は明日、舟を浜に引き上げるよう網元に言ってみるが……浜に上げてもでかいのが来れば、高波に持って行かれちまうだろうな」

「そんなに大きいですかい」

「俺の勘ではな。俺が網元なら、舟は諦めて小屋から山に逃げておけと網子に言うところだ。だけど網元はそんなこた言わねえだろうし、網子も舟を諦めるなんてことは決してしねえ。どうにも仕方ねえなあ」

辰三さんは大きくため息をついた。

「あとは、俺の勘が外れてくれることを神仏に祈るだけだ」

辰三さんは立ち上がった。

「お茶をご馳走さんでした。まあ聞いちゃもらえねえだろうが、これから網元のとこに行って話してみるよ。政一、おしげ、あんたらもなんとか若旦那に言って、できれば旅籠は閉めて奉公人を海から遠ざけてやってくれ」

おしげさんは驚いた声を出した。

「なんだって？　辰三さん、そりゃいったい」

「でけえのが来るんだよ。大嵐だ」

「おおあらし……」

「颶風だ。下手したら、高潮で品川が海に沈んじまうかもしれねえ」

辰三さんが帰ったあと、三人はしばらく無言だった。颶風。これまでに何度か大嵐が来たことはある。屋根の瓦が飛んだり、井戸に吊るしてあった桶が飛ばされたりしたこともあった。裏庭のすぐ近くまで潮が満ちたこともある。舟が海に流されたとか、川が溢れて道が削られたとかということもあった。だが、旅籠を閉めて逃げろと言われるほどのことはなかった。

「おや、どうしたんです」

八つ時の後、いつものように昼寝を決め込んでいた平蔵さんが、夕餉の支度に現れたが、無言で腕組みをしている政さんの顔色を見て不安そうに言った。

「何かあったんですかい」

「平さん、ちょっと手伝ってもらいたいんだが、明日はここに泊まれるかい。できれば明後日も」

「そりゃ構いませんが、いったいどうしたんです」

「えらいことになった。船頭の辰三さんが、大嵐が来ると言ってるんだ。あの人は空を読む。どんな嵐に舟を出しても沈めたことがねえと言われているが、そうじゃねえんだ。あの人にはわかるんだよ、舟を沈めるほどの嵐なのかそうでないのか。舟が沈むほどの嵐なら、けっして舟を出さねえんだ。その辰三さんが、できれば旅籠は閉めてみんなで逃げろと言った」

「……なんですって！　けど今は風もねえし、雨も降ってませんよ」

「辰三さんの読みでは、明日、明後日は空が持つらしい。明々後日、二十五の日あたりが危ないようだ。幸いまだ二日ある。番頭さんや若旦那に話して、瓦が飛ばねえように重しを置いたり、建物が倒れねえよう丸太をかますことはできる。だが……」

政さんは首を振った。

「……高潮が来やがったら、どうにもならねえ」

高潮。

大嵐の強い風が波を高く、高く持ち上げ、その波が一気に押し寄せて来る！

やすは身震いした。

品川が、この町が、紅屋が……海に、沈む……

八　女の幸せ

それからは大変な慌しさになった。泊まり客に夕餉の膳を出した後で、奉公人が皆、お勝手横の板間に集められた。

「明日はいつも通りにお客様をお泊めしますが、明後日は宿を休みにします」

番頭さんの言葉に、皆ざわついた。

「明後日、あるいは明々後日頃、大嵐が来るかもしれない。それに備えて、明日、明後日と、水に浸かっては困る物をまとめて、御殿山の東海寺まで運んでください。おしげさん、あんたが荷造りと荷運びのまとめをやってくれるかい」

「へえ。荷車をひくのに男衆がいりますがそれは」

「そうだね、与平、おしげさんの手伝いをしておくれ」

「へーい」

「他の男衆は、まず屋根の瓦に重しを置いて、それから戸を打ち付けて……大嵐になったらとんでもなく強い風が吹くからね、紅屋が飛ばされちまわないようにしないといけません。そっちのまとめはあたしと政さんでやりましょう。ただし明日はお客をお泊めするから、明後日一日で全部やらないといけない。それとね、通いの者は今夜から、自分とこの荷物もまとめておいてくださいよ。下手をすると品川全部水に浸かるかもしれない、他にあてがなければ紅屋の荷物と一緒に東海寺のお蔵であずかってもらうから、明後日までに運んでいらっしゃい。風が強まるのが早くなれば明後日の夜には、女衆は御殿山に逃げておくれ。男衆は申し訳ないけれど、ぎりぎりまでこの紅屋を守ってもらうことになりますが、奥の方々、大旦那様と大奥様は女衆と共に逃げていただきましょう」

「大嵐は明後日に来るんですか」

誰かが訊いた。答えたのは政さんだった。

「おそらく、明々後日、二十五の日だ。だが雨も風もその前に強くなるかもしれないから、明後日のうちに逃げておいた方がいい。行くあてのないものは、荷物を預ける東海寺に頼んで蔵に入れてもらう」

だが奉公人たちはしばらく半信半疑だった。やすは、政さんの顔色から大嵐が来ることを疑っていなかったが、おしげさん以外の女中たちはみな首を傾げていた。何しろ夕焼けが綺麗なら次の日は晴れる、というのが当たり前だとみんな思っていたし、やす自身もそう思い込んでいたのだ。

それでも、番頭さんに指図されれば奉公人はそれに従う。いつものように泊まり客をもてなしながら、手の空いた者から少しずつ荷造りが始まった。

その夜のうちに空模様が変わり、翌日は朝のうちから雨になったが、濡れても大して気にならないほどの弱い雨だった。風もさほど強くない。

「本当に来るのかね、大嵐なんて」

おまきさんは、何度も裏庭に出ては小雨を掌に受けながら言った。

「荷物を運びださないとならないような大嵐なんて、これまでになかったのに」

「だけどどうして荷物を運ばないとならないんだろうね」

おさきさんは不満げに言った。

「いくら大嵐だって、家の中にある物を吹っ飛ばしゃしないだろうに」

「高波が来るかもしれないと、船頭の辰三さんが心配しているんです」

やすが言うと、おさきさんは疑い深い顔で言った。

「確かに船頭の辰三さんと言えばさ、嵐の中に船を出しても沈めたことがないなんて噂だけど、あの人は元々は下総の人だろ。この品川の海のことに通じてるってわけじゃないんじゃないの? 大嵐ってのは時々来るけど、品川が高波に沈んだなんてことはなかったよ、あたしが知ってる限り」

「もともとお江戸の海は高波が出にくいんだよ」

おまきさんも言う。

「今度もきっと、たいしたことはないと思うよ。でもまあ、あたしらは番頭さんの言う通りにするのが仕事だからさ、荷物を運べって言われりゃ運ぶけど」

「御殿山の坂を荷車押して登るのは大変さねえ」

「他の旅籠(はたご)でそんなことしてるとこ、なさそうだけどねえ」

それでも二人は、値の張る海苔(のり)や上等の醤油、砂糖などを手際よく風呂敷に包み、まとめて筵(むしろ)で包んで荷車に積んだ。その日はまだお客を泊めていたので、夕餉に使う物だけは残して、男衆がその荷車をひいて御殿山に向かった。客が泊まっていない部屋の掛け軸や花瓶なども運び出された。

確かに、それほどの大嵐が来る気配は感じられなかった。雨は次第に強くなっていく気もしたが、大通りを行き交う人の数は変わらない。

夕餉の膳が下げられ、奉公人たちがそれぞれ手の空いた者から賄い飯を済ませ、やすは台所に残っている食材をまとめ始めた。

「魚は塩をきつめにして、笹で包んでおくんだ」

「へえ」

「もしこのあたりが高潮にやられたら、暫くは魚も手に入らなくなるからな。漁師の舟もみんな流されちまう」

「本当にそんなことになるんでしょうか」

「さあな。けど用心して準備しておくに越したことはねえだろ。とにかく運べるものは全部、海から遠いところに運んでおこう」

翌日は旅籠が休みになった。幸い、あらかじめ泊まりたいと文で知らせて来ているお客はいなかったので、外に「本日おやすみいたします」と書かれた木札を出した。毎日顔を出す八百屋と魚屋からは、日持ちのする芋や干物などを仕入れ、それらも丁寧に荷造りして荷車に載せた。

雨は朝から降り続いていたが、特に大雨、というほどには感じられなかった。だが風はいくらか強くなっている気がした。

「浜で網子たちが舟を引き上げてるんだってさ」

おさきさんが、昨日とは違う心配顔で言った。

「やっぱり大嵐になるのかね」

「あんた、どうするの。長屋の荷物は。あんたんとこの長屋は浜に近いだろ」

「亭主には言ったんだけど、まだ葉月だからそんなにでかい嵐は来ねえだろうって言うんだよ。まあそれでもね、へそくりと、大事な着物やら何やらは亭主の実家に持ってってもらうことにしたけど」

「中川村だっけ、あんたのご亭主の実家」

「あたしも明日は亭主と中川村に行ってようかと思ってね。けっこう遠いんだよ、あそこまで歩くと。明日も雨だろうし、いやだねえ。住み込みのあんたたちはどうするの。東海寺に借りてるのは蔵だけなんだろう？」

「蔵でもなんでも、雨風がしのげるならいいよ。どんなに大きい嵐だって、二晩も居座ったりはしないでしょ」

「まあそりゃそうだ。明日の夜に来たとしても、明後日の朝には抜けちゃうだろうね。だけど今度のことは、政さんも番頭さんもちょっと心配のし過ぎだって気がするよ。この紅屋の建物は、大旦那様が何度か改修してがっちりしたものになってるんだし、あの地震でさえ倒れなかったんだから、嵐くらいで吹き飛ばされるわけがない。この中にいれば安心だと思うんだけどねえ」

台所の物と言っても、大きな鍋釜は持ち出せないのでそのままにしたが、包丁だけは丁寧に布で包み、荷車に載せた。他のものは空いた柳行李に詰めて、二階へ上げる。いくら大嵐でも、紅屋の建物が全部壊れてしまうことはないだろうし、屋根瓦が飛んでもその下に板天井が張ってあるので、二階にあげておけば、高潮が来てもまず大丈夫だろう。

「あたしが子供の頃にこのあたりが高潮でやられたってのは聞いたことあるけど、その時だって水に浸かったのは床下まで、せいぜい畳が濡れた程度だったはずだよ。とにかく二階にあげとけば、流されるなんてことはないさ」

おさきさんは、番頭さんや政さんが心配し過ぎだと何度も言って笑っている。

「大通りの店だって、他はせいぜい戸を打ち付けて瓦に重しを載せるくらいだよ。揚羽屋は前の地震で大広間が壊れて大層な損が出たらしいから、今度はちょっと用心して、値の張る屏風やらなんやらは荷車に載せて運び出してるみたいだけど」

「紅屋の客間にあるものは、そんなに高価じゃないものね。布団はみんな二階にあげとくんだろ？」

「あたしらも手伝わないと」

「おやす、ちょっと来ておくれ」

番頭さんに呼ばれた。

「奥の荷造りを手伝ってさしあげておくれ。それから奥の方々はお駕籠で、高輪（たかなわ）のご親戚のところに行かれるから、おまえもついてって、大旦那様と大女将（おおおかみ）のお世話をしてさしあげておくれ。おちよがいればあの子の仕事なんだがね。高輪に着いたら向こうにも女中さんがいるから、おまえは戻って来ていいからね」

「へえ」

奥に向かうと、やすの他にも手伝いに呼ばれた女中が何人か忙しく働いていた。掛け軸や花瓶、漆塗り（うるしぬ）の膳や器など、たいがいのものはもう荷造りが済んでいた。番頭さんがそれらを仕分けして、東海寺の蔵に運ぶ物と二階にあげるだけの物を決めていく。

「おやす、まずは大女将のお部屋に行って、身の回りのものをまとめてさし上げなさい」

「へい」

大旦那様と大女将、若旦那様と女将さんが暮らす奥の建物は、紅屋とは短い廊下でつながっている。紅屋はもともと、大女将あさ様のお父上が始めた旅籠で、大旦那様はあさ様のお婿（むこ）さんだ。そして大旦那様とあさ様の間にもお子が出来ず、紅屋を継がせるために若旦那様が養子となった。

あさ様は、やすが紅屋に来た頃はまだ大女将として働いていらっしたが、その後病で足腰が弱り、今は奥で隠居暮らしをなさっている。おしげさんの話では、昔の紅屋はあさ様でもっていると言われていたほど、女将として優れた方だったらしい。

「失礼いたします、やすでございます」

廊下に座って頭を下げると、涼しい声が聞こえた。

「お入り」

「へい」

部屋に入ると、あさ様はすっかり身支度を終えて座っていらした。

「あ、あの、番頭さんに、大女将の荷造りをお手伝いさせていただくようにと」

「わたしが呼んだんですよ、おやすをよこしてちょうだいって」

あさ様はころころと笑われた。以前とお変わりになっておられないな、とやすは思った。昔から、とても美しい声をなさっていて、子供のように明るく笑う方だった。

「なんだかとても久しぶりですねえ」

「へえ、ご挨拶もせずに申し訳ありません」

「おちよがいてくれたんで、あの子に言いつければまあ用が足りてしまうんでねえ。それにおやすはもう女童(めわらわ)じゃないものね。今は料理人として立派に勤めてくれていると聞いてますからね、わたしの用なんかでおやすを呼ぶわけにもいきません。でもこうして顔を見ると、まあ驚いた、おやすは随分と、きれいになりましたねえ」

やすの頬が赤くなった。

「そ、そんなことは」

「うちの人が神奈川宿から連れて来た時には、利発そうな子だなとは思いましたが、さて、器量の方はどうだろうとね、ごめんなさいね、余計な心配をしてましたよ。けれどさすがに娘さんは、年頃になるとまるで蕾が開くように変わるわねえ。実はね、ほら、先ごろうちの人がおやすと話をしたと言ってたもんだから」

「へ、へい、とてもありがたいお言葉をかけていただきました」

「年季のことですね？　本当はもっと早く、年季の心配は無用だとおやすに言ってあげれば良かったんだけど。まあともかく、そういうことだから、おやすはいつでも紅屋を出て行ける身ですからね」

「わ、わたしは、ここを出て行くことなどありません。お許しをいただけるのなら、死ぬまでここで働きたいと思っております」

あさ様はまた、気持ちのいい笑い声をたてられた。

「うちの人がね、おやすがきれいになっていてびっくりしたと言うもんだから。一生紅屋で働きたいと言ってくれるのは、そりゃあ嬉しいことだけど、ねえ、おやす。あんたは女なんですよ。女というものは、嫁いで子を産んで、はじめて一人前。あんたもそれを真面目に考えないといけない歳になったんです。そんなにきれいになってしまったら、そのうちに、あんたを嫁に欲しいという話が次々と来るでしょう。今はあんたにその気がなくたって、先のことを思ったら、ちゃんと考えないといけませんよ。ここだけの話、わたしはね、おしげのことで今でも後悔してるんです」

あさ様はため息をつかれた。

「おしげは本当に美しい娘でしたよ。今だって器量は変わってやしない。だけどあの子は、女中として良くでき過ぎたんです。若い頃から本当に何をさせても上手にやる子で、頭もいいし、先を見通して動くことのできる人でした。今でこそ、政一という花板を抱えて、料理自慢の宿として名が知られるようになってるけれど、昔の紅屋はこの品川にあっては、他のたくさんの旅籠に埋もれて、これと言って評判になるでもなく、なかなか苦しかったんですよ。それでね、わたしは、客あしらいだけは品川一の旅籠にしようと懸命でした。一度泊まってくだすったお客さんが、また紅屋に泊まりたいと思ってくださるような宿にしよう、気持ちよく眠れて楽しい心持ちで出立できる宿にしたいと、女中たちを叱り飛ばして掃除を念入りにしたり、お客さんとの言葉のやり取りを厳しく躾けたりと、あれやこれやと思いついたことを試してみたりと、きりきりまいでした。そんな中で、おしげはわたしの気持ちを察して、いつも先回りして助けてくれた。あの頃おしげがいなかったら、何度も心が折れてしまっていたでしょうね。そんなだから、おしげに縁談が来るようになっても、おしげを手放したくなくてねえ……たまたまおしげのところに弟の千吉がいたのを幸い、千吉の分もと給金を上乗せしたり、あれやこれや……おしげが嫁ぎたいと言いださないように手を回してしまいました。おしげはね、そんなわたしの本音をちゃんとわかっていたんです。縁談には興味のないふりを通して、生涯女中でいますと言ってくれた。わたしは心の底から感謝した。でも……養子が来て政一も雇って、紅屋が安泰になって……ふと気づいたら、おしげはひとりぼっち。千吉にすら出て行かれて。わたしはおしげに申し訳なくて。なのでね、おやす、あんたにはそういうふうになってほしくないんですよ。あんたには、当たり前の女の幸せをちゃんと知って欲しいのよ」

当たり前の、女の、幸せ。

やすにはわからなかった。それはどんな「幸せ」なのだろう。今のやすにとって、幸せ、とは、政さんと一緒にお勝手で過ごすことなのに。新しい献立を考えたり、政さんや平蔵さんの技をおぼえたり、そうした毎日よりも幸せなことなんて、いったいどこにあるのだろう。


「大女将、お駕籠が参りました」

番頭さんが声をかけに来た。

「お支度がよろしければ」

「はいはい」

「残ったお荷物はきちんと蔵に運びますから」

「わたしの物なんか大したものはないんだから、二階にあげといてくれたらいいわよ。それより高輪まで、おやすも連れてっていいかしらね」

「そのつもりです。おやす、大女将のお駕籠について高輪まで行ってくれるね」

「へえ、そうさせてもらいます」

やすが手を貸して大女将を立ち上がらせたが、腰が痛むのか体を真っ直ぐにできない。あれほど姿勢の良かった人が、と、やすは悲しくなった。

玄関から紅屋を出たのは初めてかもしれない。やすは大女将の手をひいてゆっくりと歩き、大女将が駕籠に腰をおろすと、その背中に座布団をあてがった。

「駕籠屋さん、大女将は腰の具合がよろしくありません。せいぜいゆっくりやってくださいよ」

番頭さんが銭を包んだものを手渡す。やすは、当座の着替えやら何やら大女将の身の回りのものを包んだ風呂敷を背負い、駕籠の横についた。

「えいほっ」

かけ声と共に駕籠は出発したが、やすが日本橋まで乗る駕籠に比べるととてもゆっくりで、揺れも少ない。やすが小走りにもならずに歩いてついて行っても駕籠から遅れることはなかった。

「おやす、あんた濡れてるじゃないの。傘は持って来なかったのかい」

「へえ、このくらいでしたら傘はいりません」

「そんなこと言って、風邪(かぜ)でもひいたらいけないわよ。これを被(かぶ)りなさい」

大女将は、自分が被っていた頭巾(ずきん)をはずして手渡してくださった。

「めっそうもございません。やすは大丈夫でございます」

「だめです。これを被りなさい。女は頭を濡らしてはいけないの。髪が濡れると体の芯(しん)が冷えるんですよ。女にとって、冷えは万病のもと」

「けどそれでは大女将が」

「わたしのような婆は少々冷えたって大丈夫。冷えて血の道が悪くなったところで、もう子を産むこともありませんからね。でも若い娘はいけません。さっさとこれを被りなさい」

「へ、へい」

やすは上等の絹でできた頭巾を頭に被った。もったいなくて泣きそうになった。

高輪まではそう遠い道のりではない。なので大女将が乗った駕籠は簾もなかった。降りしきる雨は大女将の髪も濡らしてしまう。弱い雨なので番傘はいらないと置いて来てしまったことを後悔した。

やがて高輪に入り、ご親戚の家に着いた。意外なことに商家ではなく、農家のようだ。だが家の構えは大層立派で、大地主らしい。

大女将が駕籠から降りると、女中が小走りにやって来た。

「ようこそおいでなさいました」

女中は大きな番傘をさし、乾いた手拭いを手にしていた。やすは手拭いを受け取って、番傘の中に入った大女将の髪や着物を丁寧に拭いた。駕籠かきが威勢良く、おありがとうございい、と言って去って行く。

「おやす、あんたはまた品川に戻るのかい」

「へえ、まだ荷造りがありますから」

「もうちょっと、一緒にいておくれでないかい」

「それは構いませんが」

「女中さん、この子も一緒に中に入りますよ」

「へえ。こちらでございます」

前庭を抜けて土間に入ると、足を洗う桶が用意されていた。

「わたしは駕籠に乗っていたから足は汚れてませんよ。おやす、あんたは洗わせてもらいなさい」

「へえ」

やすは泥で汚れた足を洗った。

「おあささん、久しぶりだねえ」

この家の主らしい人が現れた。大旦那様よりいくらか年上くらいのお人だった。

「義兄さん、ご無沙汰してすみません。なんだかねえ、大嵐が来そうだなんて言うんで、海から離れたところにいた方がいいだろうって。ご迷惑かけますね」

「いやいや、わたしんとこはいつでも来てもらって構いませんよ。それで吉次郎さんは」

「明日の夕方には来られると思います。息子夫婦も一緒に参ります」

「そうですか。若旦那に会うのも久しぶりだな。そりゃ楽しみだ。まあこっちに来て、ゆっくりなさい。お茶でもいれさせましょう。そちらの女中さんも泊まっていかれますか」

「本当はそうさせていただきたいんですけど、この子はまだ紅屋で仕事があるようなんですよ。でもちょっとこの子と話がしたいので、あげさせてもらってもよろしいかしら」

「もちろんですよ。女中さん、さあ中へ」

言われるままに大女将を支えながら部屋にあがったが、青々とした畳にちりひとつ落ちていない座敷にやすは気後れしていた。

出された茶も緑色が美しい煎茶、菓子は見事なお多福豆の豆鹿の子。何度もすすめられ、大女将からも食べろと言われてようやく口に入れたその菓子は、頬がきゅうとなるほど美味しかった。

大女将は義兄さんと呼んだ主人としばらく、互いのこの頃について喋りあっていたが、やがて主人は気をきかせたようで部屋から出て行った。

「良いお人でしょう」

「へえ。とてもお優しそうな方です」

「藤一郎(とういちろう)さん、うちの人の姉の連れ合いですよ。うちの人には姉ばかり上に三人もいてね、その一番下がここに嫁いだの。きくさんという人で、綺麗な人でしたよ。でも気の毒に、若くして病でね……藤一郎さんは後添えも貰わずに、残された二人の子を育てあげたんですよ。その娘さん二人も嫁がれて、孫もできて。きくさんが亡くなってもう何十年も経(た)つのに、紅屋との縁を大事にしてくださすってね、ありがたいことです」

大女将は、煎茶をすすって、ふう、と息を吐いた。

「女が嫁いで子を産むのは、家と家を繋(つな)いでいくことなのよ。きくさんがここに嫁がなければ、藤一郎さんと紅屋とは何の縁もなかった。きくさんが嫁いで、そして子を産んだから、その子たちにはうちの人が親から受け継いだのと同じ血が半分流れているから、藤一郎さんはこうして、わたしらによくしてくださる。おやすはまだ若いから、遠い先にひとりで生きることを頭に思い浮かべることもないでしょうけれど、あんただっていつかはわたしの歳になるんです。その時に、こうして助け合う親戚が誰もいない、それを考えてごらん。どんなに心細いか、寂しいか。あんたがしっかりとした実家のある娘なら、わたしはそんなに心配はしません。けどあんたは……父親のことはもう縁を切ったも同然、実家のない身なんですよ。歳をとって頼る先もなくひとりで生きるのは、辛いことですよ」

「へい……」

やすは何か言いたいことがある自分に気づいていたが、言葉を呑み込んでうなずいた。

「さっきも言ったけどね、わたしはおしげを手元におきたいばかりに、あの人の縁談をすすめなかったことを今になってとても後悔しているんです。もちろんおしげは、今でもしっかり働いてくれているし、不平不満なんかひとっことだって言わないようだし、紅屋にとってはおしげがいてくれることがどれだけ心強いか。それを考えれば、紅屋の女将としておしげを嫁に出さなかったのは正しい判断だったと思ってます。でも、わたしはおしげより先に逝くんです。手元においてしまったことへの償いとして、あの人の一生を見守りたいけれど、それはゆるされないことでしょう。せめてわたしやうちの人がいなくなっても暮らしに困ることがないように、いくばくかは遺してあげるつもりです。でもねえ、そういうことじゃないのよ。おしげだって自分の先のことは考えて、貯えだってあるだろうし。だけど、あの人がわたしの歳になった時に、あの人には藤一郎さんのような親戚がそばにいない。お里の保高は何しろ遠いものねえ。それを考えると胸が痛くて、申し訳なくて。なのでおやす、あんたにはそういう後悔をしたくないの。うちの人も心配しているんです、あんたと話してみて、あんたはおしげに似たところがあるって。あの政一が見込んだくらいだから、あんたには料理の才があるんでしょう。幼い頃から鼻もとび抜けてよくきいて、利発で骨惜しみもしない。素直だし、愛想もいいし。だからなおさら心配なのよ。あんたが紅屋にいてくれることにみんなして慣れて甘えて、いてくれることが当たり前になってしまうだろうって。こんな時だから打ち明けますけどね、わたしの腰はもうよくなることはないらしいの。少しずつ足も萎えて、いずれは寝たきりになるでしょう。人は歩けなくなると衰えるもの。わたしも寝たきりになれば、先は長くありません。だからね、その前におやす、あんたには良いご縁を結んで嫁いでもらいたい。紅屋からあんたを嫁に出してやりたい。それがわたしの願いなんです。あんたにそのつもりがあるなら、すぐにでも、あんたにふさわしいお相手を探します。なんならうちの養女にしてから嫁がせてもいいと思っています。うちの人は紅屋吉次郎と名乗ることをゆるされています。うちの養女となれば、そこそこの大店にだってご縁が結べます」

「そ、そんな、わたしなんかに大店の女将さんは務まりません」

「そんなことはありません。まあ多少、行儀見習いは必要だけど、おやすならきっと、どこに嫁に出しても恥ずかしくない娘になれます。ねえおやす、真面目に考えてみておくれ。あんたの一生のことなんだから」

やすは、なんと返事していいのかわからずに下を向いていた。だが、次第に気持ちが昂(たかぶ)って胸に何かがぐっとこみあげて来た。止めようとしても涙がぽたぽたと、膝(ひざ)の上の揃えた手に落ちた。

「……あ、ありがとうございます……ありがとうございます。わたしなんかのことを……そんなに考えていただいて……で、でも……」

「……でも？」

「……でも……わたしは……本当に、心の底から、料理が好きです。紅屋で政さんに教わりながら料理を作る、それより楽しいことはないんです。今はそれしか考えられないし……考えたくないんです」

「だからそれを無理にでも考えなさい。あんたの先のことを」

「……先も……ずっとずっと先も……わたしは料理を作って生きていたいと思います。お客さまの為に、食べていただく人の為に料理を作り、それで生きていたいと。貯えはしっかりいたします。いただいたお給金は決して無駄につかいません。歳をとってもう台所に立てなくなった時にはちゃんと一人で生きていかれるように心づもりもいたします。なので……なのでどうか、どうか……わたしは、無理なことかもしれませんが、女料理人になりたいのです」

「女料理人……」

「女の作った料理に金は払えないとおっしゃる方々が多いことは承知しています。それでも、お江戸には女の料理人が花板をつとめる店もあると聞きました。いえ、そんな大それたことではなく、紅屋のお勝手でいつまでも料理をしていたい。歳をとって紅屋のお勝手には不要だと言われる日が来たら、どこか品川の片隅に一膳飯屋(いちぜんめしや)でも持てれば……煮売屋(にうりや)でもいいんです。自分が作ったものを人に食べていただいて、それで生きていかれるなら。わたしには、わたしの先ゆきがそういうものにしか考えられないんです。嫁いで子をなすことは、それは女に生まれた身にとっていちばんの幸せなのかもしれません。でもわたしには、今、自分のそうした姿を考えることがどうしてもできないんです。わたしは……ただただ、お勝手にいたいんです。鍋や釜の前に立ち、出汁の匂いに包まれていたい。……すみません、すみません」

やすは畳に額をこすりつけた。

「本当に、すみません。奥様のお言葉もお心づかいも、あまりにもったいなくて……

もったいなくて。どうやってそのご恩に報いたらよいのか、わかりません。でも、それでも……やすは、紅屋のお勝手においていただきたいのです。どうかどうか……どうか……」

　こらえてもこらえても嗚咽が漏れ、やがてやすは声を出して泣いていた。それは悲しみの声ではなかった。むしろ、自分のようなものに心を砕いてくださった大女将への感謝と、それに応えられない自分の業に対する怒りがない交じり、それでも自分はそうして生きていくしかないのだ、という強い思いが出させる声だった。

　どのくらいそうして泣いていただろう。ふと気づくと、やすの揃えた手の上に、骨ばった大女将の手が載せられていた。やすは顔を上げた。涙で前がよく見えなかった。だが自分のすぐ目の前に、大女将の着物の絣模様があった。

　不意に、やすは抱きしめられた。背中に大女将の掌を感じた。

　腰の痛む大女将が、這って自分を抱きしめに来てくれたんだ。

　やすの胸がとても熱いもので満たされ、また新しい涙が滝のように流れ出た。

　やすは子供のように泣いた。迷子になって心細さに挫けてしまった時に母親に見つけられ、その胸に飛び込んでただただ、泣いてしまう子供のように。

「よしよし、よしよし」

大女将の掌がやすの背中をさすっている。

「もういいから、泣くのはおよし。おやすはもう赤子じゃないんですよ。花も恥じらう十六の娘が、そんなに泣いては笑われてしまうよ」

謝ろうとしたらまた泣き声が出た。大女将は笑いながら背中をさすり続けた。

「わたしが悪かった。ごめんなさいね、あんたの気持ちも考えずに無理なことを言ったのかもしれない。あんたの気持ちはわかりましたよ。だからもう、泣くのはおよし。あんたはきっと……台所の神様に見初められたんだろうねえ。それならもう仕方がない。あんたにとっては、嫁にいって母となるよりお勝手で鍋の世話をする方が幸せなのかもしれない。世の中、いろんな人がいるからねえ、そういう女がいても不思議じゃない。ただね……いつかわたしの言ったことを思い出して、もう一度自分の先のことを考えてみてちょうだい。いつか……このひとと添い遂げたい、このひとのおかみさんになりたいと思う男と出逢った時に」

大女将の声は優しかった。

「あんたにもいつか、きっとそういう日は来ます。そういう男に出逢う日が。その時には、もう一度素直になって自分の気持ちと向き合ってちょうだい。女料理人になるという決心がどれほど堅いものであったとしても、その時に迷うことを避けてはいけませんよ。意固地になっていては幸せになれないこともある。自分の言葉に自分を縛りつけないで。それに」

大女将は、やすの顔を両手で挟み、そっとさすった。

「女料理人であって妻であることも、決して叶わぬことではないと思いますよ。紅屋には所帯持ちの女中が何人もいる。おやすだって、そういう働きかたができるかもしれない。決心は固くても、心はやわらかく持っていなさい。このひとと添い遂げたい、このひとのそばにいたいと願うことと、料理人として生きていきたいと願うことは、互いに邪魔をする願いとばかりは限らない。女だって欲張りになっていいんですよ。欲張って、どちらも摑んでいいんです。いつまで生きられるかわからないけれど、生きて見守ってあげられる間は、わたしはおやすの味方です。おやすが本当に幸せになれるように、わたしにできることはなんだってしてあげたい。だから約束してちょうだい。今ここで嫁ぎたくないと泣いたことで、自分を縛らないように。いつかそんな日が来たら、自分の気持ちに素直に向き合うことを」

やすは大女将の胸に顔を埋めたままで、何度も何度もうなずいた。

九　颶風

その晩から少し風が強くなった気がしたが、雨は夜半に一度やんだ。高輪から急ぎ足で戻り、台所の片付けを終え、他の女中を手伝って一階の客間にあった座布団などもすべて二階へ運び上げた。やすが寝ている階段上の屋根裏にもあれやこれやが詰め込まれ、やすはその間に身を縮めて横になったが、風の音が気になるのと、大女将の言葉や掌の優しさが思い出されて、なかなか寝付けなかった。

それでもいくらかうとうとしつつ、葉月二十五の日の朝が来た。

雨はまた降り出していた。妙な生暖かさが肌にまとわりつくような朝だった。海の上には灰色の雲があり、空は暗い。

それでも裏庭に出てみると雀が遊んでいたので、少し心が和んだ。雀がまだ逃げ出さずにいるのだから、大嵐は品川をそれて別のところに行ってくれるのかもしれない。

政さんの指図でありったけの米をといで朝から白飯を炊き、それに塩をつけて握り飯を作る。沢庵と梅干しを添えて二つずつ竹の皮に包んだ。奉公人にそれを一人頭三つずつ。どこに避難するにしても握り飯があればひもじい思いをしなくて済む。

「政さんも御殿山に行くんですか」

「いや、俺たち男衆は二階に残る。所帯持ちは長屋に帰って、女房や子供を海から遠いとこに連れてってやれと言われてるが、俺は長屋に帰っても守ってやるもんがねえからな。包丁は荷車に積んだな？」

「へえ。昨日のうちに蔵に運んであるはずです」

だが政さんが本当に大切にしている柳葉と小刀は、まだ台所にあった。

「柳葉と小刀は、おやす、おまえに預ける。嵐が過ぎるまでおまえが大事に持っててくれ」

「でも、あのふたりは……」

「高潮が来たら、建物ごと流されることもある。御殿山にいれば大丈夫だ。おまえ、他に荷物はそうないだろう？」

「へえ、着物と小物箱と、清兵衛さまにいただいた鉄鍋、それにぬか床だけです」

「あの鍋も背負って行くのかい。それにおみねのぬか床か」

政さんが笑った。

「あれも次第にいい味になって来たな」

「まだ紅屋の味には育っていませんが、大切なぬか床です」

「そうだな、おみねの手が毎日かき混ぜていたぬか床だ。それをおまえさんが引き継いで、おまえさんの手が毎日かき混ぜる。おみねとおやすの手が作り出す味だ。ほかにはどこにもねえ、この世にひとつっきりの味だからな、大事にしてやらねえとな。その上に俺の包丁でちょいと荷物になっちまうが、とにかく頼む」

「へえ、でも、紅屋が流されるなんてことはありっこないです。明日にはまた、みんな揃(そろ)って荷ほどきをして、明後日にはお客さんをお泊めできます。できますよね？」

「ああ」

政さんはうなずいた。

「できるとも」

荷造りの合間に昼餉(ひるげ)の握り飯を食べ終えた頃(ころ)から、雨足が明らかに強くなり始めた。

番頭さんが奉公人たちの間を回って声をかける。

「長屋住まいの者はそろそろ帰ってくださいよ」

「住み込みの女子衆(おなごし)はそろそろ荷物をまとめて、御殿山に向かってくださーい。荷物を預かってもらう東海寺(とうかいじ)には昨日のうちによくお願いしてあります、一晩のことだから荷物と一緒に蔵に入って我慢しておくれ。握り飯は持ったね？　竹筒に水を入れるのを忘れちゃいけませんよ！　東海寺に借りるのは蔵だけだ、水もないからね、蔵の中では。男衆は二階へ、ああ、下の畳も全部上げといておくれ、高潮が来たら畳まで水に浸かるかもしれない」

やすは風呂敷に大切なものを入れてある文箱、着物、それに政さんから預かった、布で何重にも包んだ柳葉包丁と小刀を入れ、鉄鍋と共に背中に背負った。柄が一本、風呂敷からつき出た珍妙な姿になった。それにぬか床の樽も風呂敷で包み、首からさげて両腕で抱える。風が強くなって来て番傘はさせないので、蓑を着て編笠を頭にのせ、紐をしっかりと顎の下で結んだ。

おまきさんと共に紅屋を出て御殿山に向かう。大通りは、さすがに嵐が近づく気配が強まって来て人通りが途絶え、どこの店も雨戸を閉めて屋根の瓦に重しをのせていた。だが海から離れたところまで逃げようとしている人は見かけない。

「嵐は来そうだけど、畳が水に浸かるような高潮が来るとは思えないんだけどね」

おまきさんは大きな荷を背負っていた。

「おまきさん、重そうですね」

「ああ、これ。そりゃ重たいよ、梅干しだもの」

「二階に上げなかったんですか」

「いつも出してるものは壺ごと上げたよ。でもこれは特別な梅干しだからね、二階に上げといて男衆に食べられちまったらいけない。これだけは持って行かないと」

「特別な梅干し？　そんなの漬けましたっけ」

初夏の頃にお勝手女中総出で行う梅仕事。梅干しを作る為に、梅の実のへたを一つずつ楊枝で丁寧に取る。一年の間にお客の朝餉に出す梅干しはかなりの量なので、梅の実も大笊に山盛り、五、六杯。へたを取るだけで大仕事だった。

おまきさんは秘密を打ち明けるように小声で言った。

「今年はね、ちょっとお試しで漬けてみた特別な梅干しがあるのよ。政さんにもまだ言ってないの。半年くらいしないと美味しくならないから、出来上がったら政さんに食べてもらおうと思って。あの人に美味いと言ってもらえたら本物だからね」

おまきさんはそれだけ言うと、あとは内緒、とばかりに黙ってしまった。

やすは特別な梅干しの秘密が知りたくてたまらなかったが、出来上がるまではその秘密を教えてもらえそうにない。

御殿山の東海寺は坂を上った先にあった。そのあたりまで来ると、嵐が近づく雨の中、歩いている者は誰もいない。

東海寺の門をくぐり、本堂の裏手に向かう。そこには蔵がいくつも並んでいた。元々は大火事や地震やらで食うに困った人々の為に雑穀などを蓄えておく蔵らしいが、最近は商家に空いている蔵を貸し出して銭を儲けている。寺も商売をしないとなかなかやっていけないご時世なのだと言う。紅屋は自前の大蔵を持っていないので、蓄え米などを東海寺に預かってもらっていた。

蔵の戸は開いていて、中には灯りも灯っていた。住み込みの女中たちはほとんどが中にいた。運び込まれた荷物の間にそれぞれ腰をおろし、握り飯を食べたり嵐について喋ったりしていた。やすも背負って来た荷をおろし、先に運びこまれた台所の品々の間に居場所を作った。蔵には畳もなく、土の冷たさが草鞋の裏から身にしみて来る。

灯り取りの小窓は、雨が吹き込まないように閉められていた。

「あの、おしげさんは」

「あの人は長屋に帰ったよ。あの人の長屋はおさきさんのとこに近い、北のはずれの山際だからね、海からはちょっとあるでしょう。あそこにいれば高潮が来ても大丈夫でしょ」

だがおしげさんの暮らしている長屋はかなり古い。強い風が吹いたら屋根は飛んでしまうかもしれない。

住み込みの女中が皆入ったとわかり、戸が閉められた。やすは急に心細くなって自分で自分の身を抱いたが、どんなに大きな嵐でも、品川の上にじっととどまったりはしないはずだ。一晩我慢すれば、明日の朝には品川に帰れる。

時が経つのがとてもゆっくりに感じられた。他の女中たちと、他愛のない話をして時々笑ったりもしていたが、蔵の中にいると外の音が聞こえず、嵐がどれほど近づいて来たのかもわからなかった。

そのうちに、眠気がやって来た。やすは狭い隙間に風呂敷を広げ、中のものを出して、土の上に広げた。風呂敷一枚でも、土の冷たさを少しは和らげてくれる。体を丸めて横になると、すぐに眠りに落ちて行った。

嫌な夢を見て目が覚めた。嫌な夢だった、ということだけが頭に残っていたけれど、どんな夢なのかは目覚めた途端に忘れてしまった。ただ、とても不安で胸が締め付けられるような思いだけが目覚めても続いていた。

不思議な音がしていた。けものが吠えているような。だが生き物の声ではない。あれは……風の音？

ゴゴゴ、と、地響きのように蔵を揺すっている。まさか。蔵が揺れるほど強い風などあるものか。

だが耳をすませると、蔵がぎしぎしと音を立てているのがわかった。

やすの背中が震えた。怖かった。

これは夢の続きだ、とやすは思った。まだ夢を見ているのだ。

やすはきつく目をつぶり、背中を丸めた。

大丈夫。蔵が吹き飛ぶような風なんてあるはずがないもの。

けれど、布団もない蔵の地べたから直(じか)に伝わる振動は、まるで地震のようだった。

ぎしぎしという音が次第に大きくなる。

やすは膝(ひざ)を抱えこみ、頭を膝に埋(うず)めるようにして縮こまった。

夢だ。夢だ。

起きたらきっと、昨日の続きの今日があるだけ。

眠らなくちゃ。

やすは歯を食いしばって目を閉じ続けた。早く気が遠くなって、闇(やみ)の中に溶けていけたらいいのに、と思いながら。

ここ数日の疲れがやすをもう一度眠りの淵(ふち)へと誘ったのは、それから半刻(はんとき)も経ってからだった。

ふと目を開けたが、何も見えなかった。やすは一瞬、自分がどこにいるかわからずに困惑した。紅屋の階段のそば、斜めに屋根が切れている下の狭い場所、狭いけれど居心地のいいわたしの寝床。そこで目が覚めたのなら、どこかしら灯りの漏れて来るところはあった。どんなに早く目覚めても、東の空が少しでも白んでいる時刻であれば、必ず何かが見えた。が、今、目を開けたはずなのに何も見えない。

あ、そうだ。ここは東海寺の蔵の中だ。

眠りに落ちる前は油に浸した灯芯(とうしん)に火がついていた。だがそれを消すと、こんなにも暗かったのだ。

それでもじっと目を見開いていると少しずつ闇に目が慣れ、ほんのわずかな明るさを感じるようになった。上を見上げると、梯子(はしご)で上る高さにある灯り取りの小窓の合わせ目に、ごく僅(わず)かな隙間があった。そこから白い光がうっすらと漏れている。月の光だろうか。いや……夜明けの空の光だ。

やすはそっと起き上がった。他の女中たちはまだ寝ている。すぐ近くにおまきさんが横になっていた。おまきさんを起こさないようにそっとまたぎ、他の女中を蹴飛(けと)ばさないようゆっくりと歩いて戸を開いた。

音がしないように戸を閉め、外の風をしばらく楽しんだ。

雨はやんでいた。どうやら嵐は去ったようだ。けれどまだ、生暖かい颶風の風が、ひゅう、と音を立てて吹いている。

いてもたってもいられなかった。紅屋が無事なのか、どうしてもすぐに知りたくなった。戻っても大丈夫になったら男衆が知らせに来るから、それまでは蔵にいなさいと番頭さんに言われていたのに、やすは我慢できずに歩き出した。

どきっ、とした。境内の楠の木が、倒れていた。立派な太い楠だった。それが、折れて横倒しになっていた。よく見れば、石灯籠も壊れていた。昨夕ここに来た時には綺麗に並んでいた石灯籠だ。割れた洗い桶が転がっていた。どこから吹き飛ばされて来たのだろう。

やすは小走りになった。胸が苦しくなるような嫌な予感がした。坂を駆け下りて、品川へと走った。

次第に明るくなって来る景色の中に、妙なものが点々とあった。倒れた木々、瓦が落ちてしまった屋根、荷車の車が外れて転がっている。そして、人が歩いていた。品川が近づくに連れて人の数が増える。着の身着のままだったり風呂敷包みを背負っていたり、様々な人たちが無言で歩いている。人々はなぜか、高い方へ、高い方へと向かっている。それらの人たちの流れに逆らって、やすは海に向かって走っていた。

「おい、そっちは危ねえぞ」

すれ違った人が言った。

「その先は水が上がってるから行けねえよ！」

やすは振り返ったが、声をかけた人の背中はやすに構わず遠ざかる。やすは小さく頭を下げたが、忠告は聞かずにそのまま進んだ。

あと少しだ。この下の通りを曲がれば品川だ。


やすの足が止まった。


これは……なに？

こんなところに川があった？


道があるべきところに道はなかった。代わりに、濁った汚い川があった。草履の片方や盥や、何だかよくわからない物がびっしりと浮いていた。壊れた木塀や外れた戸板も浮いていた。

この先が品川なのだ。ここには道があったのだ。この道を渡って向こうに行かなければ。紅屋まではもうすぐ、大通りまではここからすぐだった。なのに、どうしてこんなところに川があるの？

やすは構わずに進んだ。水が足を濡らす。やがて水はくるぶし、足首、ふくらはぎとやすの体を飲み込んでいく。大丈夫、きっと一番深いとこでも腰くらいだ。歩いて渡れる。やすは夢中で進んだ。早く紅屋に帰りたい。帰らなければ。

「こらっ、何やってんだ！」

誰かに怒鳴られてやすは我にかえった。

「早く舟にあがれっ。その水ん中には何が沈んでるかわからねえんだぞ、足を取られたら大怪我するぞ！」

汚い川の上に、小さな舟が浮いていた。長い竿を水の中にさして、尻端折りした男の人がやすを睨んでいた。

「……なんだ、おまえ、紅屋のお勝手女中か？」

「へ、へい」

船頭の辰三さんだった。

「早く舟にあがれっ」

怒鳴られて、やすは舟にしがみつき、辰三さんに引っ張られて舟底に転がった。

「紅屋は、みんなは無事なんでしょうか」

「さあな、まだあっちへは行ってねえからわからねえが、水が上がったのは腰ぐらいだから、二階に逃げてれば大丈夫だろう。紅屋の番頭さんは、俺の言うことをちゃんと聞いて高潮に備えたようだからな。付き合いのある旅籠や店には知らせてまわったんだが、本気にしてくれたのは紅屋だけだった」

辰三さんはため息をついた。

「夜半にとんでもねえ高潮になって、一気に水に浸かっちまったんだ。俺は万一のことを思ってこの舟を用意してたんだが、一時は舟も出せねえくらい、すごい濁流でな。風に煽られて水が飛沫を上げて舞い上がるんだ。いやあ、すごい大嵐だった」

辰三さんはゆっくりと、濁った水の中を竿で探り、舟を進めた。

「品川がこんなに水に浸かったのは、初めてのことじゃねえかなあ。俺もこっちに来てそろそろ十年だが、見たことも聞いたこともねえな、こんな酷いのは。こりゃあ、後始末も大変だ。死人がたくさん出てねえといいんだが」

やすの視界に、濁った水の上に突き出ている人の足らしきものがあった。やすは目を閉じた。考えたくなかった。

「浜のほうは網子の家が随分流されちまったし、大通りに面した建物もあらかた壊れてる。それに芝の方は大火になってるらしい。お江戸も大変なことになっちまっただろうな」

芝の……大火。

勘ちゃん！

やすの背中に震えが走った。だが勘平の安否を今知る手立てはない。

「明け方に嵐は行っちまったがしばらくは颪も強かった。あの颪に煽られたら火はすぐに江戸中にまわる。大きな嵐になりそうだとは思ってたが、まさかここまでとはなあ。けど紅屋がちゃんと奉公人を逃しといてくれたのは、本当に良かった。どこに逃げてたんだい」

「御殿山の東海寺さんの蔵です」

「ああ、あそこは高台だ、水は大丈夫だったろう」

「境内の木々は折れて倒れました」

「うん、山の方も随分やられてるみたいだ。まあ流されちまった家が多過ぎて、裏山を丸坊主にしても材木が足りなくなりそうだけどな、この先は。しかしこんな有様じゃ生き残った大工だけじゃどこから手をつけたらいいのかわからねえだろうよ。国中から大工を集めねえと。逃げたのは女子衆だけかい」

「へえ、住み込みの者だけです。男衆は紅屋の二階か、長屋住まいの者は長屋に帰りました」

「そうかい。みんな無事だといいが」

いったい今、舟がどこにいるのかやすにはわからなかった。そこにあったはずの建物がほとんどなくなっている。ただ汚い水だけが水路となって残り、あらゆる壊れた物が浮かんで、ごくゆっくりと流れて行く。

「こっから大通りだ」

辰三さんが言ったが、やすには信じられなかった。そこにあったのはただの、お堀のように水が溜まった水路だけ。その向こうにはなんと、海がそのまま見えていた。大通りからでは視界を遮るものが色々とあって見えにくかったはずの海が、何事もなかったかのように凪いでいる。松林ですら、倒れてしまったのか半分も残っていない。手前に広がっていたはずの草原も水の下だ。

海が、品川を呑み込んでしまった。

やすの目に涙が溢れた。こんなことは、嘘だ。悪い夢だ。

「おい、お女中。紅屋が見えたぞ！」

やすは顔を上げた。涙を袖で拭いて、辰三さんが顎で示した方を見た。

紅屋が、あった。

屋根が壊れ、建物もかしいでいたが、水に浸かったままでちゃんと建っていた。土壁が落ちて二階の部屋が丸見えだ。その部屋に男衆たちが座っている。握り飯を食べたり、下を覗き込んだりしながら。

「近くにつけてやるが、ありゃ危ねえな。引潮で水が動いたら倒れちまうかもしれねえ。あんたはそのまま乗ってな。あと二人くらいならこれに乗れるから、ちょっとずつ助けてやるよ」

舟が紅屋に近づくと、男衆たちから歓声が上がった。

「おやすじゃねえか！」

みんな泣き笑いのような顔だった。

「おめえ、助けに来てくれたのかい！」

「おやす、みんなは無事か！」

口々に、それまでほとんど言葉を交わしたこともなかった男衆たちが声をかけてくれる。

「何人いるんだ」

辰三さんが聞いた。

「五人だ！」

「わかった。この舟は小せえから、あと二人しか乗れねえ。三人ずつ水のねえとこまで運んでやる。気をつけて乗り移りな。あんまり近づけねえから、悪いが泳いで来てくれ」

男衆たちは何か言い合っていたが、やがて年長の二人が二階の部屋から壊れた壁にしがみつき、ゆっくりと傾いた建物をにじり降りて来た。水に足のつくところまで降りてから少し泳いで舟にとりつく。

「わたし、降ります。降りてあっちに移りますから、まずもう一人を」

「馬鹿なこと言ってんじゃねえよ。女子衆の代わりに男衆を先に助けるなんてことができるかよ」

辰三さんは笑った。

「大丈夫だ、潮が動くまでにはまだ半刻はある。三人助けたらまた戻って、残ってる奴（やつ）を助けてやる」

やすはそれでも建物に残りたかった。政さんの顔が見えない。政さんはどこ？

「あ、あの……政さんは……」

やすはこわごわ男衆の一人に訊いた。悪い返事が返って来たら耳を塞ごう。

男衆はやすの問いに答えずに、代わりに上を向いて怒鳴った。

「おーい！　政さん！　あんたの愛弟子が迎えに来てるぜ！　顔だしてやんな！」

政さんの顔が、現れた。

やすは言葉が出ずに、わっと泣き出した。

政さんは言った。頭に布を巻いている。その布が赤黒く汚れているのがわかって、

「おやす、無事かい」

やすは叫んだ。

「け、怪我をしたんですか！　すぐお医者にいかないと！」

政さんは笑った。

「お医者が水の下にいねえといいんだがな。心配いらねえよ、ちょいと風で飛んで来た戸板が当たっただけだ。たいしたことはねえ。それよりおまえさんはなんだってそ

んなとこで舟遊びなんかしてるんだい。番頭さんに、迎えが行くまでは蔵にいろって言われただろうが」

「へ、へい、ご、ごめんなさい、く、紅屋が心配で」

「無茶すんじゃねえよ。俺たちは大丈夫だ、もう風も収まってるし、いざとなったら泳げばいいんだ。いいから早く、おまえは東海寺に戻れ」

「じゃあ出すぜ。上の人ら、ちょいと待ってておくんな。すぐ戻って来るから」

政さんが辰三さんの舟に助けられて、やすたちが待っていた坂の途中に現れた時、やすは安堵でまた泣いた。その頃には少し潮が引き始めたのか、水が下がっていた。水が下がるとその下にあったものが姿を現す。目の前を骸が流れて行く。

政さんの胸に飛び込み、やすは泣き続けた。

たったひと晩で、品川が消えてしまった。どれだけの人の命も一緒に消えてしまったのだろう。

どうして、なぜ、こんな目に遭わないといけないんだろう。

天はなぜ、こんなことをなさるのだろう。

東海寺まで戻る間、やすは政さんの破れた着物の袖を掴んでただ泣きじゃくっていた。

　振り返ると、遠くの空が赤い。あっちは芝だ。

　芝は大火事。

「か、勘ちゃんが……」

　やすは言いかけたが、政さんがやすの頭に手を置いた。

「考えるんじゃねえよ。考えねえで、ただ信じるんだ。勘平も塾生もみんな若い。むざむざと火にまかれちまったりはしねえよ。勘平は生きてる。それだけを信じるんだ」

　東海寺に着いてみると、番頭さんが蔵の前に立っていた。

「ああ、おやす！　良かった！　おまえがいなくなっちまって、まさか紅屋に向かったのかと、どうしようかと思っていたところでしたよ。ああ、それにみんなも無事ですか！」

　番頭さんは男衆一人ずつに抱きつくようにして喜んだ。

「わたしんとこの長屋は屋根が飛んだだけで、まあなんとか持ちこたえました。おしげやおさきのところも多分大丈夫だったでしょう。平蔵(へいぞう)さんの長屋もいくらか山の方でしたね。まあ大丈夫だったと思うんだが。浜の方の長屋に住んでいる、おゆうや平(へい)

助のとこが心配だが……紅屋の建物はどうなりました？　見に行きたいんだが、水がひかないことにはどうにもならない」

「かろうじて建ってますが、まあ使い物にはならねえです」

政さんが答えた。

「二階に上げた荷物も、壁が崩れて雨ざらしになっちまったんでみんなびしょびしょだ。けど運び出せれば使える物もありますよ」

「畳がどうにもならねえし、布団もだめだね」

男衆の一人がため息混じりに言った。

「どっちにしたって、旅籠はしばらくできそうにねえな」

「みんなの命さえ助かれば、それで上出来です」

番頭さんが言った。

「生きてさえいれば、なんとでもなる。あんたたち、水がひいたら仕事は山ほどありますよ。どうせ大工が足りなくてしばらくは建物も直せないだろうが、流れて来た我楽多を片付けるだけでも大仕事だ。それにご近所さんのお手伝いもさせていただかないと。がっかりしている暇なんかありゃしない」

番頭さんが威勢良く、手を叩いた。

「さあさ、まずは朝餉にしましょう。まだ握り飯は残ってますか？　おやす、政さん、蔵の中に米があるから、新しい握り飯を作ってくださいよ。こういう時は、まず腹ごしらえが大事です」

蔵の中から女中たちも出て来た。みんな泣きはらした目をしているが、それでも番頭さんの言葉に笑っている。

「しょうがないねえ」

おまきさんが、洟をすすって言った。

「こうなったらあの、特別な梅干し、出そうかね」

「いいんですか？　まだ少し早いって」

「いいんだよ。こういう時はね、美味しいものがいちばん効くんだ。ちょっと待っててちょうだい、あんまり美味しくてびっくりするよ」

おまきさんは嬉しそうに言った。

「何しろ、下漬けした梅干しを蜂蜜に漬け込んであるんだからね！」

「蜂蜜！」

蜂蜜は買えば高価で、気軽に料理に使えるものではない。だが野山ではほんの時たま、蜜蜂の巣が見つかることがある。

おまきさんは、ニヤッとした。

「あんたと政さんだけが山の美味しいものを集められるわけじゃないんだからね。あたしだってその気になりゃ、蜂蜜くらい見つけて来るのさ」

蔵にしまってあった米と炭、お勝手から預けた鍋を出し、転がっている石で竈を作った。飯を炊き、塩をつけて握る。やすが抱えて運んだぬか床には、茄子が三つ漬かっていた。

品川は、消えていない。

やすは思った。

品川は、自分やおまきさん、番頭さん、女中や男衆、そして政さんの中に、ちゃんとある。

颶風がいくら壊しても、水がどれだけ流しても、生き残った者の心に品川がある限り、必ず元に戻る。

戻るんだ。

「おーい」

境内に平蔵さんの姿が現れた。おしげさんもいる。

「今そこでおしげと出逢ったんだ。みんな無事だったのかい」

「あんたも大丈夫だったかい」

「俺んとこの長屋は壊れちまったよ」

平蔵さんは笑った。

「けど悪運の強い連中ばかりが住んでたみてえでな、壊れる前にみんなで近くの寺に逃げたんだ。寺も本堂が崩れたが、なんとか下敷きにならねえで済んだ。それにしても、番頭さんの言うことを信じて女房を三沢村に返しといてよかった」

やすは、何も言わずにおしげさんの胸に飛び込んだ。おしげさんはやすの体をしっかりと抱きとめてくれた。

「大丈夫」

おしげさんが言った。

「大丈夫さ。こんなことであたしら、挫けてはいられないよ。負けるもんかい」

やすは泣きながら、何度も何度もうなずいた。

負けるもんか。

負けるもんか。颶風なんかに、負けるもんか。

「あたしらは生きてるんだ」

おしげさんが言った。静かで、そして力強い声だった。

「こうして生きてるだけで、なんて贅沢なことだろうね。なんて、運のいいことだろう。だからあたしらは、生きていることに感謝して、恩返しをしないといけないんだよ。あたしらを生かしてくれた、仏様やご先祖様や、八百万の神様、それから品川の町に。これからちっと骨の折れる毎日が始まるだろうが、できるかい、おやす、恩返しができるかい」

「で、できます」

やすは泣きじゃくりながら答えた。

「します」

「そうだね、しないとね。心をこめて、働いて、品川の町を、紅屋を取り戻さないとね。生きていること、生き残ったことを感謝して」

「へい」

やすは涙を袖で拭いて、おしげさんの顔を見上げた。

「働きます。心をこめて」

おしげさんがもう一度、やすの体を抱きしめた。おしげさんの腕は案外がっしりとしていて、やすの背中にその力が、熱が、伝わった。

「頑張ろうな」

二人の後ろから、政さんの声がした。

やすはうなずいた。

頑張ります。

気張ります。

心をこめて。まごころをこめて。

この作品は、月刊「ランティエ」二〇二〇年十月号〜二〇二一年四月号までの掲載分に加筆・修正したものです。

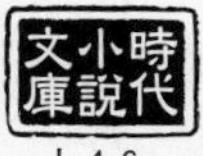

し4-6

あんのまごころ お勝手(かって)のあん

著者 柴田(しばた)よしき

2021年6月18日第一刷発行

発行者 角川春樹

発行所 株式会社 角川春樹事務所
〒102-0074 東京都千代田区九段南2-1-30 イタリア文化会館

電話 03(3263)5247[編集] 03(3263)5881[営業]

印刷・製本 中央精版印刷株式会社

フォーマット・デザイン& シンボルマーク 芦澤泰偉

ISBN978-4-7584-4415-6 C0193

http://www.kadokawaharuki.co.jp/[営業]
fanmail@kadokawaharuki.co.jp[編集] ご意見・ご感想をお寄せください。